U0788988

皇明文衡卷之五十六

雜著

文章辯體序題　吳訥

古歌謠辭

按西山輯文章正宗凡古文辭之載于經聖人所嘗刪迷者不敢錄獨采書傳所載康衢擊壤歌之類列于古詩之前且曰出於經者可信傳記所載者未必當時所作其好古傳疑之意至矣今謹遵其意仍以康衢童謠爲首終于荀卿成相彙寘卷端以俟考質

古賦

按賦者古詩之流漢藝文志曰古者諸侯卿大夫交接隣國必稱詩以喻意春秋之後聘問歌詠不行於列國而賢士失



志之賦作矣大儒荀卿及楚臣屈原離讒憂國皆作賦以風其後宋玉唐勒枚乘司馬相如楊子雲競爲侈麗閎衍之辭而風諭之義泯矣近世祝氏著古賦辯體因本漢志之言而斷之曰屈子離騷即古賦也古詩之義若荀卿成相是也然其所載則以離騷爲首而荀詩勿錄尚論世次屈在荀後而成相亦非賦體故今特取成相附古歌謠後而仍載楚辭于古賦之首蓋欲學賦者必以是爲先也宋景文公有云離騷爲辭賦祖後人爲之如至方不能加矩至圓不能過規信哉

古樂府

易曰先王作樂崇德殷薦之上帝以配祖考成周盛時大司樂以黃帝堯舜夏商六代之樂報祀天地百神若宗廟之祭神既下降則奏九德之歌九韶之舞蓋以六代之樂皆聖人

神祇下四奏九德之歌九韶之舞蓋以六代之樂皆聖人
樂以語者奏樂夏商六代之樂雖殊而天地山神宗廟之祭
易曰先王作樂崇德殷薦之上帝以配祖考成周盛時大司

古樂府

[illegible]賦祖後人爲之如至方不能加矩至圓不能過規信哉
[illegible]
[illegible]
[illegible]

皇明文衡卷之五十六　一

[illegible]

古賦

[illegible]
[illegible]
[illegible]
[illegible]
[illegible]

[illegible]吳訥[illegible]

文章辨體[illegible]

皇明文衡卷之五十六[illegible]

之徒所制故悉存之而不廢也迨秦焚滅典籍禮樂崩壞漢興高帝自制三侯之章而房中之樂則令唐山夫人造為歌辭史記云高祖過沛詩三侯之章令小兒歌之高祖崩令沛得以四時歌舞宗廟孝惠文景無所增更於樂府習常肄舊而已至班固漢書則曰漢興樂家有制氏但能紀其鏗鏘而不能言其義高祖時叔孫通制宗廟樂迎神奏嘉至入廟奏永至乾豆上奏登歌再終下奏休成天子就酒東廂坐定奏安世然徒有其名而亡其辭所載不過武帝郊祀十九章而已後儒遂以樂府之名起於武帝殊不知孝惠二年已命夏侯寬為樂府令豈武帝始為新聲不用舊辭也迨東漢明帝遂分樂為四品一曰大予樂郊廟上陵用之二曰雅頌樂辟雍享射用之三曰黃門鼓吹樂天子宴羣臣用之四曰短簫



鐃歌樂軍中用之其說雖載方冊而其制亦復不傳魏晉已降世變日下所作樂歌率皆夸靡虛誕無復先王之意下至陳隋則淫哇鄙褻舉無足觀矣自時厥後唯唐宋享國最久故其辭亦多純雅南渡後夾漈鄭氏著通志樂畧以為古之達禮有三一曰燕二曰享三曰祀所謂吉凶軍賓嘉皆主此三者仲尼所刪之詩凡宴享祀之時用以歌之漢樂府之作以繼三代因列鐃歌與三侯以下于篇亦無其辭後太原郭茂倩輯樂府百卷繇漢迄五代蒐輯無遺金華吳立夫謂其紛亂哤雜厭人視聽雖浮淫鄙倍不敢芟夷何哉近豫章左克明復編古樂府十卷斷自陳隋而止中若後魏楊白花等淫鄙之辭亦復收載是亦未得盡善也今考五禮以郊廟歌辭為先愷樂燕饗歌辭次之蓋以其切於世用足為制作家

之助至若古今琴操與夫相和等曲亦附于後以俟好古君子之所考訂焉其或有題無辭或辭雖存而爲莊人雅士之所厭聞者茲亦不錄

## 古詩

詩大序曰詩者志之所之也詩有六義曰風曰雅曰頌曰賦曰比曰興三百篇尚矣以漢魏言之蘇李曹劉實爲之首晉宋以下世道日變而詩道亦從而變矣晦庵朱子嘗答鞏仲至有曰古今詩凡三變自漢魏以上爲一等自晉宋間顔謝以後下及唐初爲一等自沈宋以後定著律詩下及今日又爲一等然自唐初以前爲詩者固有高下而法猶未變至律詩出而後詩之與法始皆大變無復古人之風矣嘗欲抄取經史韻語下及文選漢魏古辭以盡郭景純陶淵明之作自



爲一編而附三百篇楚辭之後以爲詩之根本準則又於其下二等之中擇其近於古者各爲一編以爲羽翼輿衛其不合者則悉去之不使接於耳目入於胷次要使方寸之中無一字世俗言語意思則其爲詩不期於高遠而自高遠矣厥後西山編文章正宗劉氏輯風雅翼悉本朱子之意而去取詳畧則有不同者焉是編所收率以二家爲主近代之有合作者亦取載焉歌行之作別錄于後蓋歌行放情長言其句語格調與古詩亦有不同者矣律詩雜體具載外集嗚呼學詩之法予朱子之言至矣盡矣有志者勉夫

## 歌行

昔人論歌辭有有聲有辭者若郊廟樂章及鐃歌等曲是也有有辭無聲者若後人之所述作未必盡被於金石也夫自

周衰採詩之官廢漢魏之世歌詠雜興故本其命篇之義曰篇因其立辭之意曰辭體如行書曰行述事本末曰引悲如蛩螿曰吟委曲盡情曰曲放情長言曰歌言通俚俗曰謠感而發言曰歎憤而不怒曰怨雖其立名不同然皆六義之餘也唐世詩人共推李杜太白則多模擬古題少陵則即事名篇無復倚傍厥後元微之以後人沿襲古題倡和重複深以少陵爲是故今是編凡擬古者皆附樂府本題之內若即事爲題無所模擬者則自漢魏以降迄于近代取其辭義之弗過於淫傷者錄載云

諭告

按西山云周官太祝作六辭以通上下親踈遠近曰辭曰命曰誥曰會曰禱曰誄皆王言也大祝以下掌爲之辭則所謂



代言者也以書考之若湯誥甘誓微子之命之類是也此皆聖人筆之爲經不當與後世文辭同錄今獨取春秋內外傳所載周天子諭告諸侯之辭及列國應對之語附焉又按東萊有曰文章從容委曲而意獨至惟左氏所載當時君臣之言爲然蓋繇聖人餘澤未遠涵養自別故其辭氣不迫如此非後世專學語言者所可得而比焉

璽書

按應邵曰璽信也古者尊卑共之左傳魯襄公在楚季武子使公冶問璽書至秦漢臣下始避其稱漢初有三璽天子書用璽以封故曰璽書文帝元年嘗賜南越趙佗璽書佗愧感頓首稱臣納貢至今讀史者未嘗不三復書辭以欽仰帝德於無窮也夫制詔璽書皆曰王言然書之文尤覺陳義委曲

命辭懇到者蓋書中能盡褒勸警飭之意也故今特取前代璽書載于詔令之前讀者其必有以得之

### 批答

按玉海唐學士初入院試制詔批答共三篇蓋批答與詔異詔則宣達上意批答則采臣下章疏之意而答之也文鑑輯批答詔敕各為一類可見矣唐史載太宗之答劉洎謂出自手筆今觀辭意誠然至若宋昭陵之答富弼等則皆詞臣之撰進者也讀者其尚考諸

### 詔

按三代王言見於書者有三曰誥曰誓曰命至秦改之曰詔歷代因之然惟兩漢詔辭深厚爾雅尚為近古至偶儷之作興而去古遠矣東萊云近代詔書或用四六或用散文散文以深純溫厚為本四六須下語渾全不可尚新奇華巧而失大體是編今以漢詔居前附以唐宋諸詔庶備二體西山有云王言之體當以書之誥誓命為祖而參以兩漢詔冊信哉



### 冊

按漢書天子所下之書有四一曰策書注曰策者編簡也其制長二尺短者半之篆書起維年月日以命諸侯王公若三公以罪免亦賜策則用一尺木而隸書之又按唐百官志曰王言有七一曰冊書立皇后皇太子封諸王則用之說文云冊者符命也諸侯進受於王象其札一長一短中有二編之形當作冊古文作𠕋蓋冊策二字通用至唐宋後不用竹簡以金玉為冊故專謂之冊也若其文辭體制則相祖述云

### 制誥

按周官大祝六辭二曰命三曰誥考之於書命者以之命官若畢命冏命是也誥則以之播誥四方若大誥洛誥是也漢承秦制有曰策書以封拜諸侯王公有曰制書用載制度之文若其命官則各賜印綬而無命書也迨乎唐世王言之體曰制者大賞罰大除授用之曰發敕者授六品以下官用之卽所謂告身也宋承唐制其曰制者以拜三公三省等職辭必四六以便宣讀于廷誥則或用散文以其直告其官也西山云制誥皆王言貴乎典雅溫潤用字不可深僻造語不可尖新文武宗室各得其宜斯為善矣

## 制策

按說文策者謀也凡錄政化得失顯而問之謂之對策考之於史實始漢之晁錯錯遇文帝恭謙好問之主不能明目張



膽以答所問惜哉唯董仲舒學識醇正又遇孝武初政清明策之再三故克罄竭所蘊帝因是罷黜百家尊崇孔氏以表章六經厥功茂焉迨宋蘇軾之答仁宗制策亦克輸忠陳義婉切懇到君子有取焉

## 表

按韻書表明也標著事緒使之明白以告乎上也三代以前謂之敷奏秦改爲表漢因之竊嘗攷之漢晉皆尚散文蓋用陳達情事若孔明前後出師李令伯陳情之類是也唐宋以後多尚四六其用則有慶賀有辭免有陳謝有進書有貢物所用既殊則其辭亦各異焉西山云表中眼目全在破題要見盡題意又忌太露貼題目處須字字精確且如進實錄不可移於日錄若汎濫不切可以移用便不爲工矣大抵表文

以簡潔精緻為先用事忌深僻造語忌纖巧鋪敘忌繁冗是編所錄一以時代為先後讀者詳之則體製亦有以得之

## 露布

按通典云元魏攻戰克捷欲天下聞知乃書帛建於漆竿上名為露布此其始也攷諸文章緣起則曰漢賈洪為馬超伐曹操作露布及世說又載桓溫北征令袁宏倚馬撰露布是則魏晉以來有之矣文心雕龍又云露布者蓋露板不封布諸視聽近世帥臣奏捷蓋本於此然今考之魏晉之文俱無傳本唐宋雖有傳者然其命辭全用四六蓋與當時表文無異今故錄附表後以備一體西山云露布貴奮發雄壯少麄無害觀者詳之

## 論諫

古者諫無專官自公卿大夫以至百工技藝皆得進諫隆古盛時君臣同德其都俞吁咈見於語言問答之際者考之書可見西山以為聖賢大訓不當與後之文辭同錄今謹取其所載春秋內外傳諫爭論說之言著之于首其兩漢以下諸臣進說有可以為法戒者間亦采之以附于後

## 奏疏

按唐虞禹皋陳謨之後至商伊尹周姬公遂有伊訓無逸等篇此文辭告君之始也漢高惠時未聞有以書陳事者迨乎孝文開廣言路於是賈山獻至言賈誼上政事疏自時厥後進言者日衆或曰上疏或曰上書或曰奏劄或曰奏狀慮有宣泄則囊封以進謂曰封事考之史可見昔人云君臣相遇雖一語有餘上下未孚雖千萬言奚補為臣子者惟當罄其

忠愛之誠而已

## 議

周書曰議事以制政乃不迷眉山蘇氏釋之曰先王人法竝任而任人為多故臨事而議是則國之大事合衆議而定之者尚矣今采漢唐宋諸臣所上議狀次于奏疏以備一體若儒先私議其有關於政理者間亦取之而附於中云

## 彈文

按漢書注云羣臣上奏若罪法按劾公府送御史臺卿校送謁者臺是則按劾之名其來久矣梁昭明輯文選特立其名曰彈事若文粹文鑑則載奏疏之中而已迨後王尚書應麟有曰奏以明允誠篤為本若彈文則必理有典憲辭有風軌使氣流墨中聲動簡外斯稱絶席之雄也是則奏疏彈文其



辭氣亦異焉

## 檄

按釋文檄軍書也春秋時祭公謀父稱文告之辭即檄之本始至戰國張儀為檄告楚相其名始着劉勰云凡檄之大體或述此休明或敘彼苛虐指天時審人事筭強弱角權勢故植義颺辭務在剛健插羽以示迅不可使辭緩露板以宣衆不可使義隱大抵唐以前不用四六故辭直義顯昔人謂檄以散文為得體信乎

## 箴

按許氏說文箴誡也商書盤庚曰無或敢伏小人之攸箴蓋箴者規誡之辭若箴之療疾故以為名古有夏商二箴見于尚書大傳解呂氏春秋而殘缺不全獨周太史辛甲命百官

官箴王闕而虞氏掌獵爲虞箴其辭備載左傳後之作者蓋本於此東萊云凡作箴須用官箴王闕之意箴美須依虞箴獸臣司原敢告僕夫之類大抵箴銘贊頌雖或均用韻語而體不同箴是規諷之文須有警誡切劘之意

## 銘

按銘者名也名其器物以自警也漢藝文志稱道家有皇帝銘六篇然亡其辭獨大學所載成湯盤銘九字發明日新之義甚切迨周武王則凡几席觴豆之屬無不勒銘致警厥後又有稱述先人之德善勞烈爲銘者如春秋時孔悝鼎銘是也又有以山川宮室門關爲銘者漢班孟堅之燕然山則旌征伐之功晉張孟陽之劒閣則戒殊俗之僭叛其取義各不同也傳曰作器能銘可以爲大夫陸士衡云銘貴博約而溫



潤斯得之矣

## 頌

詩大序曰詩有六義六曰頌頌者美盛德之形容以告神明者也嘗考莊子天運篇稱黃帝張咸池之樂焱氏爲頌斯蓋寓言爾故頌之名實出於詩若商之那周之清廟諸什皆以告神爲頌體之至至如魯頌之駉駜等篇則當時用以祝頌僖公爲頌之變故胡氏有曰後世文人獻頌特効魯頌而已文心雕龍云頌須鋪張揚厲而以典雅豐縟爲貴敷寫似賦而不入華侈之區敬慎如銘而異乎規諫之域諒哉

## 贊

按贊者贊美之辭文章緣起曰漢司馬相如作荆軻贊世已不傳厥後班孟堅漢史以論爲贊至宋范曄更以韻語唐建

中試進士以箴論表贊代詩賦而無頌題迨後復置博學宏詞科則贊頌二題皆出矣西山云贊頌體式相似貴乎贍麗宏肆而有雍容俯仰頓挫起伏之態乃為佳作大抵贊有二體若作散文當祖班氏史評若作韻語當宗東方朔畫像贊金樓子有云班固碩學尚云贊頌相似信然

## 七體

昭明輯文選其文體有曰七者蓋載枚乘七發繼以曹子建七啓張景陽七命而已容齋隨筆云枚生七發創意造端麗旨腴辭固為可喜後之繼者如傅毅七激張衡七辯崔駰七依馬融七廣曹植七啓王粲七釋張協七命六機七徵之類規倣太切了無新意及唐柳子厚作晉問雖用其體而超然別立機杼漢晉之間沿襲之弊一洗矣竊嘗考對偶句語六



經所不廢七體雖專尚駢儷然辭意變化與全篇四六不同自柳子後作者未聞迨元袁伯長之七觀洪武宋王二老之志釋文訓其富麗固無讓于前人至其論議又豈七發之可比

## 問對

問對體者載昔人一時問答之辭或設客難以著其意者也文選所錄宋玉之於楚王相如之於蜀父老是所謂問對之辭至若答客難解嘲賓戲等作則皆設辭以自慰者焉洪氏景盧云東方朔答客難自是文中傑出揚雄擬為解嘲尚有馳騁自得之妙至於班固之賓戲張衡之應問則屋下架屋章摹句寫讀之令人可厭迨韓退之進學解出則所謂青出於藍而青於藍矣

## 書

按昔臣僚敷奏朋舊往復皆總曰書近世臣僚上言名爲表奏惟朋舊之間則曰書而已蓋論議知識人豈能同苟不具之於書則安得盡其委曲之意哉戰國兩漢間若樂生司馬子長若劉歆諸書敷陳明白辯難懇到誠可以爲脩辭之助至若唐之韓柳宋之程朱張呂凡其所與知舊門人答問之言率多本乎進脩之實讀者誠能熟復以反之於身則其所得又豈止乎文辭而已

## 記

金石例云記者記事之文也西山曰記以善敘事爲主禹貢顧命乃記之祖後人作記未免雜以議論陳后山亦曰退之作記記其事耳今之記乃論也竊嘗考之記之名始於戴記學記等篇記之文文選弗載後之作者固以韓退之畫記柳子厚遊山諸記爲體之正然觀韓之燕喜亭記亦微載議論於中至柳之記新堂鐵爐步則議論之辭多矣迨至歐蘇而後始專有以論議爲記者宜乎后山諸老以是爲言也大抵記者蓋所以備不忘如記營建當記月日之久近工費之多少主佐之姓名敘事之後畧作議論以結之此爲正體至若范文正公之記嚴祠歐陽文忠公之記晝錦堂蘇東坡之記山房藏書張文潛之記進學齋晦翁之作婺源書閣記雖專尚議論然其言足以垂世而立教弗害其爲體之變焉

## 序

爾雅云序緒也序之體始於詩之大序首言六義次言風雅之變又次言二南王化之自其言次第有序故謂之序也東

萊云凡序文籍當序作者之意如贈送燕集等作又當隨事以序其實大抵序事之文以次第其語善序事理爲上近世應用惟贈送爲盛當須取法昌黎則庶得古人贈言之義而無枉己徇人之失也

## 論

按韻書論者議也梁昭明文選所載論有二體一曰史論乃史臣於傳末作論議以斷其人之善惡若司馬遷之論項籍商鞅是也二曰論則學士大夫議論古今時世人物或評經史之言正其訛謬如賈生之論秦過江統之議徙戎柳子厚之論守道守官是也唐宋取士用以出題然求其辭精義粹卓然名世者亦惟韓歐爲然劉勰云聖哲彝訓曰經述經敘理曰論故凡陳政則與傳注參體辯史則與贊評齊行詮文



則與序引共紀信夫

## 說　解

按說者釋也述也解釋義理而以己意述之也說之名起自吾夫子之說卦厥後漢許愼著說文蓋亦祖述其名而爲之辭也魏晉六朝文載文選而無其體獨陸機文賦備論作文之義有曰說煒燁而譎誑是豈知言者哉至昌黎韓子憫斯文日弊作師說抗顏爲學者師迨柳子厚及宋室諸大老出因各卽事卽理而爲之說以曉當世以開悟後學繇是六朝陋習一洗而無餘矣盧學士云說須自出己意橫說豎說以抑揚詳贍爲上若夫解者亦以講釋解剝爲義其與說亦無大相遠焉

## 辯

昔孟子答公孫丑問好辯曰予豈好辯哉予不得已也中間歷叙古今治亂相尋之故凡八節所以深明聖人與已不能自已之意終而又曰豈好辯哉予不得已也葢非獨理明義精而字法句法章法亦足爲作文楷式迨唐韓昌黎作諱辯柳子厚辯桐葉封弟識者謂其文數孟子信矣大抵辯須有不得已而辯之意苟非有關世教有益後學雖工亦奚以爲

## 原

按韻書原者本也一說推原也義始大易原始要終之訓若文體謂之原者先儒謂始於昌黎之五原葢推其本原之義以示人也黄山谷甞曰文章必謹布置每見學者多告以原道命意曲折石守道亦云吏部原道原人等作諸子以來未有也後之作者葢亦取法於是



## 戒

按韻書誡者警勑之辭文章緣起曰漢杜篤作女誡辭已弗傳昭明文選亦無其體今特取先正誡子孫及警世之語可爲法誡者録之

## 題跋

按蒼崖金石例云跋者隨題以贊語於後前有序引當掇其有關大體者以表章之須明白簡嚴不可墮人窠臼予甞即其言考之漢晉諸集題跋不載至唐韓柳始有讀某書及讀某文題其後之名迨宋歐曾而後始有跋語然其辭意亦無大相遠也故文鑑文類總編之曰題跋而已近世練亝盧公又云跋取古詩狼跋其胡之義狼行則前躐其胡故跋語不可太多多則冗尾語宜峭拔使不可加若然則跋比題與書

尤貴乎簡峭也庸書以俟考訂云

## 雜著

雜著者何輯諸儒先所著之雜文也文而謂之雜者何或評議古今或詳論政教隨所著立名而無一定之體也文之有體者既各隨體裒集其所録弗盡者則總歸之雜著也著雖雜然必擇理之弗雜者則録焉蓋作文必以理爲之主也若夫掛一漏萬尚有俟博雅君子

## 傳

太史公創史記列傳蓋以載一人之事而爲體亦多不同迨前後兩漢書三國晉唐諸史則第相祖襲而已厥後世之學士大夫或値忠孝才德之事慮其湮没弗白或事雖微而卓然可爲法戒者因爲立傳以垂于世此小傳家傳外傳之例



也西山云史遷作孟荀傳不正言二子而旁及諸子此體之變可以爲法歩里客談又云范史黃憲傳蓋無事蹟直以語言模寫其形容體段此爲最妙繇是觀之傳之行迹固繫其人至於辭之善否則又繫之於作者也若退之毛穎傳迂齋謂以文滑稽而又變體之變者乎

## 行狀

按行狀者門生故舊狀死者行業上于史官或求銘誌於作者之辭也文章緣起云始自漢丞相倉曹傅朝幹作楊原伯行狀然徒有其名而亡其辭蕭氏文選唯載任彦叔所作齊竟陵王行狀而辭多矯誕識者病之今采韓柳所作載爲楷式云

## 謚法

周禮大史喪事考焉小喪賜謚疏云小喪卿大夫也卿大夫謚君親制之使大史往賜之至遣之日小史往爲讀之又按禮記曰幼名冠字五十以伯仲死謚周道也是則賜謚之制實始於周崇文總目載周公謚法一卷又有春秋謚法廣謚等書然皆漢魏以來儒者取古人謚號增輯而爲之宋仁宗朝眉山蘇洵嘗奉詔編定乃取世傳周公謚法以下諸書定爲三卷總一百六十八謚至孝宗淳熙中夾漈鄭樵復本蘇氏書增損定爲上中下三等通二百一十謚爲書以進大抵謚者所以表其實行故必由君上所賜善惡莫之能掩然在學者亦不可不知其說故今特載周公謚法于編蓋以諸家之說皆祖於此若夫鄭氏之論亦多有可取者今亦録附于後



## 謚議

按謚法云謚者行之迹大行受大名細行受小名白虎通曰人行始終不能若一故據其終始明別善惡所以勸人爲善而戒人爲惡也繇是觀之則謚之所繫豈不重歟漢晉而下凡公卿大夫賜謚必下太常定議博士乃詢察其善惡賢否著爲謚議以上于朝若晉秦秀之議何曾賈充唐獨孤及之議苗俊卿宋鄧忠臣之議歐陽永叔是也當時雖或未能盡從其言然千百載之下讀其辭者莫不油然興起其好惡之心嗚呼是其所繫豈不甚重乎哉至若近世名儒隱士之沒門人朋舊又有私謚易名之議云

## 碑

按儀禮士婚禮入門當碑揖又禮記祭義云牲入麗于碑賈

宋濂學士[illegible]入門高[illegible]又遣官徐義宗[illegible]人鄭斗[illegible]貢

門人胡翰又有私謚之議[illegible]

心焉乎是其所以[illegible]不甚書乎[illegible]諸儒者所以為[illegible]興起其好惡之

深其言於十[illegible]百一十之謂其得者莫不[illegible]然興起其好惡之

議謚謚議以[illegible]宋[illegible]臣之議謚[illegible]是也當時[illegible]取太[illegible]蓋

者公卿大夫以上十朝[illegible]者[illegible]公議[illegible]會[illegible]

凡公卿大夫賜謚以下太常定議博士[illegible]其善惡[illegible]

而入[illegible]為[illegible]也謚是觀之則謚之所[illegible]重[illegible]

入行始終[illegible]一故[illegible]明[illegible]所以[illegible]人[illegible]善

行謚法云謚者行之迹大行受大名細行受小名[illegible]曰

議[illegible]謚[illegible]

跋

公說謚典亦云若夫釋氏之論亦多有可取者今亦錄附于

學者亦不可不知其說故今并載周公謚法于篇蓋以謚宗

謚者行之以表其實行故以由昔上所賜謚[illegible]莫之[illegible]若

凡書實定為上中下三等通三百一十謚蓋書以進大抵

謚三卷總一百六十八謚[illegible]章中文[illegible]本[illegible]

[illegible]山[illegible]取古人[illegible]周公謚法[illegible]宋[illegible]

[illegible]宗文[illegible]周公謚法一卷又有春秋謚法[illegible]

[illegible]曰公伯中所謚[illegible]且[illegible]謚之[illegible]

[illegible]五十以伯仲[illegible]一[illegible]二[illegible]又[illegible]

[illegible]大夫[illegible]大夫

氏注云宫廟皆有碑以識日影以知早晚說文注又云古宗廟立碑繫牲後人因於上紀功德是則宮室之碑所以識日影而宗廟則以繫牲也秦漢以來始謂刻石曰碑其蓋始於李斯嶧山之刻耳文選載郭有道等墓碑而王簡棲頭陀寺碑亦廁其間至文鑑則凡祠廟等碑與神道墓碑各爲一類今亦依其例云

墓碑　墓碣　墓表　墓誌　墓記　埋銘

按檀弓曰季康子之母死公肩假曰公室視豐碑注云豐碑以木爲之形如石碑樹於槨前後穿中爲鹿盧繞之綍用以下棺事祖廣記曰古者葬有豐碑以窆秦漢以來死有功業則刻于上稍改用石晉宋間始有神道碑之稱蓋地理家以東南爲神道因立碑其地而名耳又按墓碣近世五品以下



所用文與碑同墓表則有官無官皆可其辭則多敘其學行德履墓誌則直述世系歲月名字爵里用防陵谷遷改埋名墓記與墓誌同而墓記則無銘辭耳古今作者惟昌黎最高行文敘事面目首尾不再蹈襲凡碑碣表於外者文則稍詳誌銘埋於壙者文則嚴謹其書法則惟書其學行大節小善寸長則皆弗錄觀其所作可見近世至有將墓誌亦刻墓前斯失之矣大抵碑銘所以論列德善功烈雖銘之義稱美弗稱惡以盡其孝子慈孫之心然無其美而稱者謂之誣有其美而弗稱者謂之蔽誣與蔽君子弗由也

誄辭　哀辭

按周禮太祝作六辭以通上下親疏遠近六曰誄魯哀公十六年四月孔子卒公誄之曰旻天不弔不憖遺一老俾屏予

一人以在位煢煢余在疚嗚呼哀哉尼父此即所謂誄辭也鄭氏注云誄者累也累列生時行迹讀之以作謚此唯有辭而無謚蓋唯累其美行示已傷悼之情爾後世有誄辭而無謚者蓋本於此又按文章緣起載漢武帝公孫弘誄然無其辭唯文選錄曹子建之誄王仲宣潘安仁之誄楊仲武蓋皆述其世系行業而寓哀傷之意厥後韓退之之於歐陽詹柳子厚之於呂溫則或曰誄辭或曰哀辭而名不同迨宋曾南豐東坡諸老所作則總謂之哀辭大抵誄則多敘世業故今率倣魏晉以四言為句哀辭則寓傷悼之情而有長短句及楚體不同焉

## 祭文

古者祀享史有冊祝載其所以祀之之意考之經可見若文選所載謝惠連之祭古冢王僧達之祭顏延年則亦不過敘其所祭及悼惜之情而已迨後韓柳歐蘇與夫宋世道學諸君子或因水旱而禱于神或因喪葬而祭親舊真情實意溢出言辭之表誠學者所當取法大抵禱神以悔過遷善為主祭故舊以道達情意為尚若夫諛辭巧說固弗足以動神而亦君子所厭聽也

## 連珠

按晉傅玄曰連珠興於漢章帝之世班固賈逵亦嘗受詔作之蔡邕張華又嘗廣焉攷之文選止載陸士衡五十首而曰演連珠言演舊義以廣之也大抵連珠之文穿貫事理如珠在貫其辭麗其言約不直指事情必假物陳義以達其旨有合古詩風興之義其體則四六對偶而有韻自士衡後作者

蓋鮮洪武初宋王二閣老有作亦如士衡之數今各錄十餘篇寘于外集之首以著四六對偶之所始

判

按唐制凡選人入選其選之之法有四一曰身體貌豐偉二曰言言辭辯正三曰書楷法遒美四曰判文理優長四事皆可取則先德行德均以才才均以勞得者爲留不得者放蓋凡進士登第及諸科出身皆以此銓擇若陸宣公旣登進士又以書判拔萃補渭南尉是也宋代選人試判三道若二道全通一道稍次而文翰俱優爲上一道全通而二道稍次爲中三道全次而文翰紕繆爲下其上者加階超資中者依資以敘下者殿一選如晦翁登第後銓試入中等始授同安主簿是已元世不用其制　國朝設科第二塲有判語以律條爲題其文亦用四六而簡當爲貴今錄以備一體



律賦

律賦起於六朝而盛於唐宋凡取士以之命題每篇限以八韻而成要在音律諧協對偶精切爲工迨元氏塲屋更用古賦繇是學者弗習今錄一二以備其體

律詩

律詩始於唐而其盛亦莫過於唐考之唐初作者蓋鮮中唐以後若李太白韋應物猶尚古多律少至杜子美王摩詰則古律相半迨元和而降則近體盛而古作微矣大抵律詩拘於定體固弗若古體之高遠然對偶音律亦文辭之不可廢者故學之者當以子美爲宗其命辭用事聯對聲律須取溫厚和平不失六義之正者爲矜式若換句拗體粗豪險怪者

寧平天大夫大義人正有所必書而濟四海皆命府者
皆故學者當以千美為宗其命題用韻則對偶聲律須以詠
於定體圖而其古詩人高風次對偶音律亦大雅之不可廢
古律相半近古而略同近體致盛而古作微矣大抵律詩始
以後者李太白曾謂為寄而古今律之多杜子美王摩詰
律詩始於唐而其盛亦莫過於唐者文詞而作者益難中唐

律詩

賦錄是學者皆習今錄一二以備其體
騷而大要在於音律諧協對偶精切為工元大德間雖用古
律賦起於六朝而盛於唐宋已設於古以至今限以八

律賦

論題其文亦用四六而簡古富贍今錄以備一體



誥表已元世不用其制　國朝設科第二場有判語以律備
以誥下者擬一道加用論詔誥表內科一道後進士主
中三道全次而文翰粗能者下其上者加略中者次資
全通一道於次而文翰俱優者上一道全通而二道頗通
又以書判殿最而圖判最其家入選入與三道通者三道
凡進士登第及諸科出身者皆以此為鑑選擇其優者士
可取則先德行而以才次以為才者最之不得不以為法
曰言辭辯正三曰書楷遒美四曰文理優長四曰事
按唐制凡選人之法有四一曰身體

判

論議今小事而以四六對偶為所始
論判治道策以朝廷務為士以人數令各選十條

斯皆律體之變非學者所先也楊仲弘云凡作唐律起處要平直承處要春容轉處要變化結處要淵永上下要相連首尾要相應最忌俗意俗字俗語俗韻嘗用工二十年始有所得嗚呼其可易而視之哉

排律

楊伯謙云唐初五言排律雖多然往往不純至中唐始盛若七言則作者絶少大抵排律若句鍊字鍛工巧易能唯抒情陳意全篇貫徹不失倫次者爲難故山谷嘗云老杜贈韋左丞相詩前輩録爲壓卷蓋其布置最爲得體如官府甲第廳堂房室各有定處不相淆亂也

絶句

楊伯謙曰五言絶句盛唐初變六朝子夜體六言則王摩詰始効顧陸作七言唐初尚少中唐漸盛又按詩法源流云絶句者截句也後兩句對者是截律詩前四句前兩句對者是截後四句皆對者是截中四句皆不對者是截前後各兩句故唐人稱絶句爲律詩觀李漢編昌黎集凡絶句皆收入律詩内是也周伯弜又云絶句以第三句爲主須以實事寓意則轉換有力而涵蓄無盡焉

聯句

按聯句始著於陶靖節集而盛於退之東野攷其體有人作四句相合成篇若靖節集中所載是也又有人作一聯若子美與李尚書之芳及其甥宇文彧聯句是也復有先出一句次者對之就出一句前人復對之相繼成章則昌黎東野城南之作是也其要在於對偶精切辭意均敵若出一手乃爲

相稱山谷嘗云退之與孟郊意氣相入故能雜然成篇後人少聯句者蓋由筆力難相追爾

## 雜體

昔柳柳州讀退之毛穎傳有曰善戲謔兮不爲虐兮學者終日討說習復則罷憊而廢亂故有息焉游焉之說譬諸飲食既薦味之至者而奇異苦鹹酸辛之物雖蜇吻裂鼻縮舌澀齒而咸有篤好之者獨文異乎予於是而知雜體之詩蓋類是也然其爲體雖各不同今總謂之雜者以其終非詩體之正焉

## 近代詞曲

按歌曲源流云自古音樂廢後鄭衛夷狄之聲雜然並出至唐開元天寶中薰然成俗于時才士始依樂工按拍之聲被之以辭其句之長短各隨曲而度於是古昔聲依永之理愈失矣又按致堂胡先生曰近世歌曲以曲盡人情而得名故文章豪放之士鮮不寓意於此隨亦自掃其跡曰此謔浪遊戲而已唐人爲之者衆至柳耆卿乃掩衆製而盡其妙篤好者以爲不可復加及眉山蘇氏出一洗綺羅香澤之態擺脫綢繆宛轉之度使人登高望遠舉首高歌而逸懷浩氣超乎塵垢之表竊嘗思之凡文辭之有韻者皆可歌也第時有升降故言有雅俗調有古今爾昔在童稚時獲侍先生長者見其酒酣興發多依腔填詞以歌之歌畢顧謂幼稚者曰此宋代慢詞也當時大儒皆所不廢今間見草堂詩餘自元世套數諸曲盛行斯音日微矣迨予既長奔播南北鄉邑前輩零落殆盡所謂填詞慢調者今無復聞矣庸輯唐宋以下辭意

近於古雅者附諸外集之後竹枝楊柳亦不棄焉好古之士於此亦可以觀世變之不一云

紀瀛國公事實　　袁忠徹

予幼時聞諸先生與先人言宋幼主北遷元降封為瀛國公一夕世祖夢金龍舒爪纏殿柱明日瀛國來朝立所夢柱下世祖感其事欲除之謀諸臣下瀛國知懼遂乞從釋號合尊大師往西天受佛法獲免過朔北扎顏之地謁周王（即明宗）見瀛國后罕祿魯氏郡王阿兒厮蘭之裔孫也明宗愛而納之未幾生妥懽帖睦爾後有言於文宗詔曰明宗在朔漠之時素謂非已子遂兩徙高麗海島尋移廣西文宗崩丞相燕鐵木兒請於文后卜答失里立太子燕帖古思后不從命立明宗次子亦憐真班是為寧宗寧宗崩燕鐵木兒復請立燕



帖古思后曰吾子尚幼明宗長子妥懽帖睦爾在廣西年十三矣乃命中書右丞闊里吉思往廣迎之至良鄉燕鐵木兒既見且陳迎立之意妥懽帖睦爾幼且畏之一無所答於是燕鐵木兒疑之適太史亦言不可立立則天下亂遂不果文后視政一年燕鐵木兒薨學士虞集上封事不肯草詔文后與大臣及學士巙巙等定議立姪妥懽帖睦爾為帝且詔尊文后曰燕帖木兒猶懷兩端遷延數月天殞厥躬朕惟皇太后之子一以至公為心親挈大寶畀予兄弟迹其定策兩朝功德隆盛帝以虞集之上封事乃曰喃喒餓秀才怎麼知我家事集驚懼喪明帝立之八年六月撤文宗廟主徙文后幽於東安放其太子燕帖古思於高麗中道謀殺之嗚呼順帝享國實由文后然聽讒臣之言遂至以后母子被害夫宋待

柴世宗之後代居顯官詳見史用而瀛國孤兒寡婦元君忍
不相容也瀛國居燕八年因殺文丞相方給衣糧此待之薄
甚迨感夢有疑瀛國逆知假往西天又遇周王奪其后而生
順帝以明宗朔漠之言觀之明為遺腹也而天不負宋而又
享國之久然順帝之負文后豈其少恩哉國祚之歸于
大明宜矣予歸老于家或誦虞文靖公詩所紀瀛國之事因
而有感遂并書舊所聞者使知宋三百年之德澤不泯也如
是順帝幽文后殺其太子此又天使宋之遺孽滅胡之報復
也永樂十年五月十八日我
太宗文皇帝御武英門命内官李謙王吉於古今通集庫取
宋列帝遺像命臣忠徹及畫士百户徐英觀之
上笑謂忠徹曰宋太祖以下雖是胡王鼻其氣象清癯若太



醫然十九日
上復御武英門命臣忠徹同内官王吉看元列帝像俱魁偉
雄邁
上曰都喫綿羊肉者及觀順帝像顧謂臣忠徹曰惟此何為
類太醫也忠徹斯時承　命未實俯首莫對今蒙
賜老田里得以歷考宋元史傳暨元學士虞集所作第十六
飛龍之詩果符
太宗文皇帝之言感念
聖鑑之明愧當時不能對此為恨庸書以俟秉筆者補之

## 雜志十條　　劉定之

蘇子瞻

宋仁英以前用差役而民不擾王安石用雇役民始擾矣司

馬君實廢雇用差雖蘇子瞻亦喋喋不已豈稍欲中立於剸温兩間冀逸後患邪觀其爲哲宗言臣私憂神宗勵精之政漸致廢壞理財疎而備邊弛故撰策問欲以感動聖意子瞻之情殆可見也然其後惠僭之貶罪子瞻全佐助温而不貸其畧護向荆則昔者之言徒爲向背亦何益哉子瞻作君實神道碑深美其誠蓋自覺誠之未如君實者也

蘇子由

蘇子由使遼歸爲哲宗言遼主弘基以與我和好爲喜年貌可六十步履輕健飲啗不衰享國尚當有年我可以無虞其君臣事佛國俗化之此彼之巨蠹足爲我喜也弘基孫延禧當嗣位然骨氣凡弱視瞻不正恐非彼之福其意亦嚮慕和好而我不足恃之矣其後弘基守和好又十餘年而殂延禧



亦不背盟然遼國遂亡於延禧之身則子由之言信矣容貌辭氣乃德之符非特得其身之遐促而并得其國之興替仲由盆成括之死見知於孔孟邾子高仰魯侯卑俯兆其死亡見知於子貢聖賢原自有觀人之法也子由殆聞於是而然歟抑使可覘國則非其人者不足使佛能蠹國而歷世之莫悟也何哉

李清臣

李清臣見宣仁聖烈后旣崩哲宗入羣小之言意欲紹述熙豐之法而是時小人屛黜在外者其勢亦將轉而復起元祐諸賢凜凜乎覆壓及之矣若此者清臣之所喜也清臣平日於操切禽制以作法抑揚軒輊以立勢所優爲也故嘗發而爲法原勢原之文觀其辭氣眞小人之言也夫爲治者先德

而後法上理而下勢今乃切切於法與勢之爲言則其所蘊可知矣

## 蘇易簡

蘇易簡內直宋太宗謂曰君臣千載遇易簡應聲曰忠孝一生心可謂的對

今上在春宮時習對李賢取是日早所進讀孟子全句君子遠庖廚五字請對頃之對云聖人登寶位覆對云學士上瀛洲尤見睿思之妙

## 徐敬業

徐敬業與駱賓王兵敗賓王亡命爲僧往來杭州靈隱寺宋之問至寺夜吟鷲嶺鬱岧嶤龍宮鎖寂寥久無下韻賓王隔壁朗吟以終篇之問大駭質明求見則遁矣敬業亦脫去爲僧于衡山黃巢既敗依張全義爲僧于洛陽嘗繪已像題詩云記得當年草上飛鐵衣脫盡着僧衣天津橋上無人識獨倚欄干看落暉人見像識其爲巢蓋古今若此脫身者多矣史豈盡得其實哉

## 王介甫

王介甫詩云周公恐懼流言日王莽謙恭下士時假使當時身便死終身眞僞有誰知其意謂已嘗辭館職出於眞異已者若司馬君實辭樞副范景仁辭翰長出於僞爲莽之徒也然不知蘇子瞻又嘗謂介甫爲莽之徒其詩曰漢家殊未識經綸入手功名事業新百尺穿成連夜井千金購得解飛人譏其汲汲妄作也嗚呼數他人之髭鬚髯而不見已睫者其介甫之謂哉

## 韓退之

韓退之自言口不絶吟於六藝之文手不停披於百家之編貪多務得繼晷窮年其勤至矣而李翱謂退之下筆時他人疾書之寫誦之不是過也其敏亦至矣蓋其取之也勤故其出之也敏後之學者束書不觀遊談無根乃欲刻燭畢韻舉步成章彷彿古人豈不難哉

## 李杜韓柳

以詩言杜比跡於李以文言柳差肩於韓而以人言則杜韓陽淑李柳陰慝如冰炭異冷熱薰猶殊芳臭矣子美當安史作難時徒步從肅宗其詩拳拳於君臣之義太白於其時從永王璘欲乘危割據江表扳傾宗社作猛虎行云旍旗繽紛兩河道戰鼓驚山欲傾倒一輸一失關下兵朝降夕叛幽薊城頗似楚漢時翻覆無定止張良未遇韓信負劉項存亡在兩臣其辭意視祿山思明反噬其主比於劉項敵國相爭尚安知君臣之大倫歟元稹謂太白不能窺子美藩籬況其堂奧得之矣退之懷忠事主闢邪宗聖固有本原其稱子厚謂斥不久其文必不能傳於後如今無疑蓋惟稱其文而已其阿附伾文胡致堂謂忌憲宗在儲位有更易秘謀未及為而敗後又託河間淫婦無卒者以詆憲宗得免於大戮為幸由是言之文雖美而若斯過惡固非可湔滌者也朱文公楚辭載子厚謫居時懲咎賦取其有自悔之言噫既悔已又詆主則亦非真悔也奚足錄哉

## 天極

天有北南極如瓜果有前後蔕尖天分十二宮如瓜果分十

二瓣其近極處度狹而當天腰處度闊如瓜果之瓣其近帶尖者狹而當腰者寬也天之頂心當嵩高山下陽城而地之頂心爲崑崙參差不相對者天地間東南暑熱西北寒涼地在寒涼方者堅凝高峙而在暑熱方者融液坍塌故東南多水合東南多水西北多山處均平論則地仍以嵩高山下陽城爲中但取最高頂心處則崑崙爲中也

日輪

日輪大月輪較小日道近天在外月道近人在內故日食既時四面猶有光溢出可見月輪小不能盡掩日輪也日月合朔時月常在內未有日在內者故月食日也日月相望則日食月者月雖資日光以圓於望時然微相參差則光圓恰相衝射則日反食之如點燈者正當爐炭炎熾之失所衝射則



燈反不然矣此曆所謂暗虛言月爲日所暗而非日之實體暗之乃日之虛衝爾蓋二曜各有所行之道如二人各行水陸之塗朔望則一人由陸者在橋上一人由水者在橋下稍相先後亦不食適相對當乃食矣日行道周天如循環月行道亦周天如循環兩環相搭有兩交處一處謂之天首一處謂之天尾天尾爲計天首爲羅至於木火土金水五星不由日道亦不由月道各自有道木星八十三年而七周天與日合者七十六火星七十九年而四十二周天與日合者三十七土星五十九年而二周天與日合者五十七金水二星雖隨日一年一周天然金星八年而合於日者五水星四十六年而合於日者一百四十五其遲速離合以宰萬類之生成司千代之起伏俯視人寰奚異夫甕蚋褌蝨之聚散緣嚙也

柰何欲以私意仰干之哉孛生於月月之行遲速有常度最遲之處卽孛也故謂之月孛孛六十二年而七周天炁生於閏二十八年十閏而炁行一周天炁孛皆有度數無光彖故與羅計同謂之四餘幷七政爲十一曜也

皇明文衡卷之五十六

皇明文衡卷之五十六

與羅計同論入四餘并七政爲十一曜也
閏二十八年十閏而炁行一周天炁字皆有度數故謂之曜故
曜之虛而實者也故謂之月孛六十二年而七周天而主於
奈何欲以孛意而千孛生於月之行遲速有常度

## 傳

### 謝翺傳　　胡翰

謝翺字臯羽建寧人也家故贏於財父鑰居喪哀毀人稱其孝宋咸淳初翺試進士不第慨然求諸古以文章名家元兵取宋宋相文天祥亡走江上逾海至閩檄州郡大舉勤王之師翺傾家貲率鄉兵數百人赴難遂叅軍事天祥轉戰閩廣至潮陽被執翺匿民間流離久之間行抵勾越勾越多閥閱故大族而王監簿諸人方延致游士日以賦詠相娛樂翺時出所長諸公見者皆自以爲不及不知其爲天祥客也然終不自明且念久不去人將虞我矣乃去而之越之南鄙依浦陽江方鳳時永康吳思齊亦依鳳居三人無變志又皆高年



遂俱客吳氏里中得其餘日以自適一不問當世事翺嘗上會稽循山左右窺秸思諸陵西走吳會東入鄞過蛟門臨大海所至歔欷流涕晚愛睦州山水浮七里瀨登嚴光釣臺北向舉酒以竹如意擊石歌曰䰟歸來兮何極䰟去兮關水黑化爲朱鳥兮有咮焉食歌已失聲哭人莫詰其誰何唯鳳與思齊深悲之初江端友呂居仁朱翌辟地白雲源源故方干所居在釣臺之南翺率其徒游焉願即此爲塋地作許劒錄及翺居錢唐病革語其妻劉曰我死必以骨歸方鳳葬我許劒之地鳳聞訃訖如其言鳳字韶卿由太學生授容州教授治毛氏詩陳宜中當國禮下之命其二子大登小登受業焉同郡黃溍柳貫皆出其門好獎拔士有一善未嘗不與之進思齊字子善其學本之外祖陳亮用蔭補官攝嘉興丞數以

書干宋臣用事者言賈似道母喪不宜賜 因擿責文及翁顧忌爭不力猶不爭耳又言御史俞浙以論 謝堂去職宰相附貴戚塞言路如朝廷何思齊雖有寒疾耳 聾遇事不以埶移不以貧屈自號全歸子云

媯仲子曰翰少客浦陽望仙華寶掌諸山從搢紳學者問翺時事未嘗不喟然爲之太息於是訪其論著之文翺有晞髪集鳳有嚴南集思齊有全歸集三家者惟翺集備焉其辭隱其指微大要類其行事是時元新有天下士大夫於宋事多諱言之鄭江任士林稱翺善哭如唐衢豈其情哉豈其情哉



## 王冕傳

宋濓

王冕者諸暨人七八歲時父命牧牛隴上竊入學舍聽諸生誦書聽已輒默記暮歸忘其牛或牽牛來責蹊田父怒撻之已而復如初母曰兒痴如此曷不聽其所爲冕因去依僧寺以居夜潛出坐佛膝上執策映長明燈讀之琅琅達旦佛像多土偶獰惡可怖冕小兒恬若不見安陽韓性聞而異之錄爲弟子學遂爲通儒性卒門人事冕如事性時冕父已卒即迎母入越城就養久之母思還故里冕買白牛駕母車自被古冠服隨車後鄉里小兒競遮道訕笑冕亦笑著作郎李孝光欲薦之爲府史冕罵曰吾有田可耕有書可讀肯朝夕抱案立庭下備奴使哉每居小樓上客至僮入報命之登乃登部使者行郡坐馬上求見拒之去去不百武冕倚樓長嘯使者聞之慚冕屢應進士舉不中歎曰此童子羞爲者吾可溺是哉竟棄去買舟下東吳渡大江入淮楚歷覽名山川或遇奇才俠客談古豪傑事即呼酒共飲慷慨悲吟人斥為狂奴

北游燕都館秘書卿泰不花家泰不花薦以館職冕曰公誠愚人哉不滿十年此中狐兔游矣何以祿仕爲即日將南轅會其友武林盧生死灤陽唯兩幼女一童留燕悵悵無所依冕知之不遠千里走灤陽取生遺骨且挈二女還生家冕既歸越復大言天下將亂時海內無事或斥冕爲妄冕曰妄人非我誰當爲妄哉乃攜妻孥隱於九里山種豆三畝粟倍之樹梅花千桃杏居其半芋一區薤韭各百本引水爲池種魚千餘頭結茅廬三間自題爲梅花屋嘗倣周禮著書一卷坐臥自隨秘不使人觀更深人寂輒挑燈朗諷既而撫卷曰吾未即死持此以遇明主伊呂事業不難致也當風日佳時操觚賦詩千百言不休皆鵬騫海怒讀者毛髮爲聳人至不爲賓主禮清談竟日不倦食至則食都不必辭謝善畫梅不減



楊補之求者肩背相望以繒幅短長爲得米之差人譏之冕曰吾藉是以養口體豈好爲人家作畫師哉未幾汝潁兵起一一如冕言

皇帝取婺州將攻越物色得冕寘幕府授以諮議參軍一夕以病死冕狀貌魁偉美鬚髯磊落有大志不得少試以死君子惜之

史官曰予受學城南時見孟寀言越有狂生當天大雪赤足上潛嶽峯四顧大呼曰遍天地間皆白玉合成使人心膽澄澈便欲仙去及入城戴大帽如簁穿曳地袍翩翩行兩袂軒翥譁笑溢市中予甚疑其人訪識者問之即冕也冕真怪民哉馬不覂（音奉）駕不足以見其奇才冕亦類是夫

## 危孝子傳

跋晁不害寺書不可以見其全大畧不可殿大
書諸笑道市中早甚發其人誇諸者固人通處連直尺
徹便游仙去又入淋數大間始拜南外澄籬行兩軒
上游高峯四廟大平日遍天西闊背白王合成使人心澄
史官日于交寧城南時見吉言誠有往往營大雪亦兄
十譜之
以流沉桃林說然比情夫滯路精潛有大古不得以與以而容
皇帝取發川將文錄物治得見寶事都有林以詔議祭軍一分
一一如見言
日吾精矣以養口體吉好不內入來作畫師故未幾求賴古超
梧補之永者有背相望以繪畫遊長萬得木以意入議交過

皇朝文鑑卷六十一　三　一

賢主豐書諸設吉日不復食至則食新不以箱請畫畫麻不浴
餓誠許死十時以不明體業無欲讀者手讓深命入至不書
木印自隨三此以過王神占事業不難也當風日往時我吉
以於身諸十不使入三鬱更求人致林後改國所而無春日吾
十備花士桃古三問其來書海平重甘願本重古無一卷至
閣非揖攜前苦汝陵之年臣年一邁狂至名百本水有種貴
非乃難諸然吉放乃攜汝夏麥陵九里山拖豆三改東僧之
歸地後大言天下將深傳內無事以斤以品落多日美人
見知之不遠千里生矛陰陰生書且寧二女恩來主來說人
歸其文故林虞生死纔陰唯而以分一重留無承無所故
密入鼓不滿十手此中派先將與有以淮仕日車時有乃轉
此游鄭都留林書仰泰不花家來不信衡而淑罰日公說

臨海孝子危貞昉字孟陽事親以孝聞其父孝先洪武辛亥
進士擢官麟游丞再遷陵川坐法謫役江浦縣貞昉時爲郡
學諸生聞之奔訴於郡守欲走代之守以其名隷學籍難其
行貞昉號泣于庭曰人孰無父哉奈何獨沮於我也左右爲
之言獲如其請卽日上道詣京師伏　闕上疏曰臣父陵川
丞孝先不幸絓吏議輸作大江之濱筋力向衰不能執事大
母范氏春秋復踰九十旦旦念之恐染霜露之疾無以遂其
菽水之恱終天之憾或及其身臣犬馬之齒方殷願代父作
勞使其歸養雖卽死無恨
聖天子以孝治天下惟哀矜焉疏奏
上惻然從之貞昉乃解儒衣易短褐欣然就役施施無難色
然質體尫弱不勝負任之苦越七月病卒貞昉通周易兼能



學唐人歌詩性剛直讀古忠孝事歛袵久之且曰使貞昉生
其時亦當若是爾遇交友患難蹈湯火赴援不爲利害惑卒
時年二十八聞者皆悲之
爲說者曰父子體殊而氣同者也故古之孝子不以身自私
非過激也宜也有如貞昉者詣　闕上疏欲代父受役毅然
以死自誓唯知有父而不知有身其殆近於古之孝子者非
耶嗚呼死生於人大矣貞昉之死於孝是有益於天秉民彛
之重無愧於俯仰無慊於神明奚翅足矣他尚何說哉彼悖
德犯上者亦曷嘗不死其死也如敗豚腐鼠人孰稱道之視
吾貞昉則若威鳳之翔千仞可望而不可卽得與失又爲何
如哉貞昉之名宜登　國史以風厲四方余舊史官也特爲
立傳使秉直筆者他日有采焉

## 杜環小傳

杜環字叔循其先廬陵人侍父一元游宦江東遂家金陵一元固善士所與交皆四方名士環尤好學工書謹飭重然諾好周人急父友兵部主事常允恭死於九江家破其母張氏年六十餘哭九江城下無所歸有識允恭者憐其老告之曰今安慶守譚敬先非允恭友乎盍往依之彼見母念允恭故必不遺棄母母如其言附舟詣譚譚謝不納母大困念允恭嘗仕金陵親戚交友或有存者庶萬一可冀復哀泣從人至金陵問一二人無存者因訪一元家所在問一元今無恙否道上人對以一元死已久惟子環存其家直鷺洲坊中門內有雙橘可辨識母服破衣雨行至環家環方對客坐見母大驚頗若嘗見其面者因問曰母非常夫人乎何爲而至於此



母泣告以故環亦泣扶就坐拜之復呼妻子出拜妻馬氏解衣更母濕衣奉糜食母抱衾寢母母問其平生所親厚故人及幼子伯章環知故人無在者不足付又不知伯章存亡姑慰之曰天方雨雨止爲母訪之苟無人事母環雖貧獨不能奉母乎且環父與允恭交好如兄弟今母貧困不歸他人而歸環家此二父導之也願母無他思時兵後歲饑民骨肉不相保母見環家貧雨止堅欲出問他故人環令媵女從其行至暮果無所遇而返坐乃定環購布帛令妻爲製衣衾自環以下皆以母事之母性褊急少不愜意輒詬怒環私戒其家人順其所爲勿以困故輕慢與較母有痰疾環親爲烹藥進匕筯以母故不敢大聲語越十年環爲太常贊禮郎奉詔祠會稽還道嘉興逢其子伯章泣謂之曰大夫人在環家日夜

念少子成疾不可不早往見伯章若無所聞第曰吾亦知之但道遠不能至耳環歸半歲伯章來是月環初度毋見少子相持大哭環家人以為不祥止之環曰此人情也何不祥之有既而伯章見毋老恐不能行竟紿以他事辭去不復顧環奉毋彌謹然毋愈念伯章疾頓加後三年遂卒將死舉手向環曰吾累杜君吾累杜君願杜君生子孫咸如杜君言終而氣絕環具棺槨斂殯之買地城南鍾家山葬之歲時常祭其墓云環後為晉王府録事有名與余交

史官曰交友之道難矣翟公之言曰一死一生乃知交情彼非過論也實有見於人情而云也人當意義相得時以身相許若無難事至事變勢窮不能蹈其所言而背去者多矣況死而能養其親乎吾觀杜環事雖古所稱義烈之士何以過



而世俗恒謂今人不逮古人不亦誣天下士也哉

## 蔣貞婦傳

蔣貞婦德新世居歙之黄山自幼莊靜父忠甫為之擇配鮮有當意者年二十有八始歸同郡羅宣明宣明鄂州刺史諸孫家法素謹貞婦奉尊章處先後咸底禮度中外稱之弗置至正壬辰蘄黄妖寇起破州郡屠戮人如刈草菅蔓延將至歙宣明散家貲募兵保障鄉井已而兵大集歙城陷官軍復者再三宣明功為多癸巳夏四月元帥沙不丁治歙城以宣明慷慨俠義俾分築一百三十尺宣明之家索於用兵其計無所從貞婦盡售奩中物相之宣明忘其憂乙未冬十二月祁門黟縣惡少年構浮梁劇盜來犯歙宣明謂貞婦曰我素負殺賊名賊必不貸我汝宜相從軍中如何貞婦曰婦人在

負笈從父不寧朝夕相從重中如何貝先生曰餘入在
許門累月頗近之年譜異宋益求盡其說宣明曆貝先生曰授其
無所從貞成素書曆中者也入宣明曆其說之未及七十二日
者所三宣明以後鄭云宣明也三十不宣明也大不十曆其以宣
獻宣明散家書集序未鄭井已而序大集與改宣宣曆宣
王正主宗衍諸篇求居政州將臨入如三之尊宦曆定
孫家法素謹貞婦奉尊彰貞先後改有禮度中以雖少典
有當貞者年二十有入始歸同郡羅宣明宣明竹宣三也夫
其貞婦德所世居敦入畫山自以其辭父母東亦聞擇配

贊貞婦傳

而世俗恒謂今人不逮古人不亦誣天下士也哉



題而詩其艱乎吾觀杜甫書雜古所稱義烈之士何以過
許者無難寓主事禁驚歎與人言語其所言皆共教於況
非過論也實者見於人言而云此人當意美相得乃相將
夫宣曰汝文久蕃數於言一曰一而一生乃知汝將
墓云鐘於是吾王府無事有己與合文
銘曰溫具會柳節及大閩陵城連主山韓家杜之葬有其
書曰吾男杜君吾杜甫墓以下十歲去幸惠
奉母彌恭母命伯章於後三年遂卒與所願乎向
有聞而伯章見母若以不能以此事詳不復顧
補有大哭家入以為不許上之入言也何不年之
但道遠不能至其墓其身曰賢行與其見之于
念之于此家不可卑往見伯章者與所圖者曰去不知人

軍中兵氣恐不揚子獨不聞之乎妾有兄弟在香山砦柵頗可守妾往依之君努力自愛勿以妾爲念也遂灑泣而别丙申春正月歙城復陷宣明請兵江浙行中書賊聞宣明妻挈在香山攻之益力二月天雨雪寒破賊大肆焚掠初貞婦以宣明從征不忍茹酒肉至是炮炙行觴命左右醉飽以二子驢兒馬兒屬蒼頭奴詹寄詹勝寶曰寇勢至此我誓不受辱一死決矣然不可使羅氏無後汝宜護二兒還主翁也言訖勝寶負驢兒出騰人挾馬兒繼之貞婦又繼之遇賊石崖上賊遂褫其衣貞婦力拒賊攫貞婦髮貞婦齧其臂爪其面出血罵曰死狗奴汝何不殺我賊怒斫其臂以刀舂之墜崖而死驢兒見母死哭罵曰賊賊爭忍殺吾母他寇曰何等小物敢爾邪横槊刺其背死勝寶遁寄不勝怒執木戟擊傷數寇



與騰人皆遇害日將夕寇退貞婦從姪蔣志道從積屍中緣崖下見貞婦屍如生傍有衣篋類有物窣窣然動啓視之馬兒在焉亟抱以歸宣明云

太史公曰喪亂之餘女婦以節著者有矣若歙之蔣氏何其烈哉夫以柔脆之身竟欲抗如虎之盜自非義激于中視死如歸其氣不如是之明也大抵故家遺俗詩書之澤弗替宣明又能奮揚而飭導之使一門之内婦死於夫子死於母而一蒼頭之微亦能爲其主捐軀此殆難以聲音笑貌爲也然則宣明亦賢矣哉賢者宜有後篋中之兒所以能獲全於今也

## 考定伯夷傳

王褘

伯夷叔齊孤竹君之二子也伯夷名允字公信叔齊名致字

公達夷齊其謚也始墨胎氏父曰初字子朝自伯夷名允以下採韓詩外傳呂氏春秋增入父欲立叔齊及父卒叔齊讓伯夷伯夷曰父命也遂逃去叔齊亦不肯立而逃之國人立其中子於是伯夷叔齊聞西伯昌善養老盍往歸焉及至西伯卒武王載木主號為文王東伐紂伯夷叔齊扣馬而諫曰父死不葬爰及干戈可謂孝乎以臣弒君可謂仁乎左右欲兵之太公曰此義人也扶而去之武王已平殷亂天下宗周而伯夷叔齊恥之曰吾聞古之士遭治世不避其任遇亂世不為苟存今天下亂周德衰其並乎周以塗吾身也不若避之以潔吾行自曰吾聞古之士以下據莊子增入義不食周粟隱於首陽山采薇而食之及餓且死作歌其辭曰登彼西山兮采其薇矣以暴易暴兮不知其非矣神農虞夏忽焉沒兮我安適歸矣于嗟徂兮命之衰矣遂餓



死於首陽山

太史公曰夫學者載籍極博猶考信於六藝詩書雖缺然虞夏之文可知也堯將遜位讓於虞舜舜禹之間岳牧咸薦乃試之於位典職數十年功用既興然後授政示天下重器王者大統傳天下若斯之難也而說者曰堯讓天下於許由許由不受恥之逃隱及夏之時有卞隨務光者此何以稱焉孔子序列古之仁聖賢人如吳太伯伯夷之倫詳矣余登箕山其上蓋有許由冢云余以所聞由光義至高其文辭不少槩見何哉此太史公將稱伯夷讓國之節故先述帝堯讓位之難及由光不受讓之義因以見由光雖義高其事見於經史而伯夷之節則賴孔子序列故名傳也孔子曰伯夷叔齊不念舊惡怨是用希求仁得仁又何怨乎余悲伯夷之意睹軼詩可異焉或曰天道無親常與善人若伯夷叔齊可謂善人者非邪積仁潔

行如此而餓死由是觀之怨邪非邪此舉孔子稱道伯夷之辭言其求仁得仁固若無怨然兄弟讓國乃至餓死莫能無怨乎蓋言其若有怨所以明其實無怨也且七十子之徒仲尼獨薦顏淵爲好學然回也屢空糟糠不厭而卒蚤夭天之報施善人其何如哉盜跖日殺不辜肝人之肉暴戾恣睢聚黨數千人橫行天下竟以壽終是遵何德哉此其尤大彰明較著者也至若近世操行不軌專犯忌諱而終身逸樂富厚累世不絕或擇地而蹈之時然後出言非公正不發憤而遇禍災者不可勝數也余甚惑焉儻所謂天道是邪非邪此引言須子有德而早夭盜跖暴戾壽終又極言操行不軌者乃富厚累代公正發憤者反遇禍災所以又反復致意於伯夷以讓國之賢而至於餓死也孔子曰道不同不相爲謀亦各從其志也故曰富貴如可求雖執鞭之士吾亦爲之如不可求從吾所好歲寒然後知松柏之後凋舉世混濁清士乃見賈子曰貪夫徇財烈士徇名夸者死權衆庶憑生豈以其重若彼其輕若此哉此詭人之志善惡不同爲善者因衆人之惡而愈見然則盜跖曷嘗爲足重而伯夷雖餓死豈足爲輕哉易曰同明相照同類相求雲從龍風從虎聖人作而萬物覩君子疾沒世而名不稱焉伯夷叔齊雖賢得夫子而名益彰顏淵雖篤學附驥尾而行益顯巖穴之士趨舍有時若此類名堙滅而不稱悲夫閭巷之人欲砥行立名者非附青雲之士惡能施於後世哉末又申言爲善者必待於聖人以著名而沒世之後善名之不著所以深幸伯夷得孔子而名彰顏淵由附驥尾而行顯也

太史公伯夷傳自漢以來論者莫不稱其文章之奇偉萬喙一辭無異議者以予論之則有不然遷作史記體制最正其列傳之體必首著名氏鄉里世系繼序行能功烈之始終而其末論斷之辭則別稱太史公曰云云以補所未備之事發

所不盡之意觀乎老莊管晏申韓孫吳等傳爲體皆然獨伯夷傳首述載籍慱考等語次述太史公曰余登箕山等語乃始及夷齊之事而遂以天道無親等語終之辭意不倫體制乖舛意者必有錯簡而後世承訛襲謬不以爲非也司馬貞索隱張守節正義不過隨文生意曲爲註解予切病之因爲考尋其指意易置其文辭之先後而訂定之間復援據古說補其一二而頗加篆訓庶幾其體正而義明讀而習之者有所取法也或曰太史公之文至矣後學頤乃妄議而竊更之不已僭乎曰非然也予之考定是傳也實因其本文而更次第之曷有妄贅一辭哉且書之武成禮之大學既列爲聖人之經而在先儒悉嘗更改則予於是而考定之乃所以成其美也而奚僭之爲況乎史記本不完之書故褚少卿小司馬氏輒爲之補益設以僭罪予則於二人也其又將何尤庸志諸傳後以俟覽者詳焉



熊孝子傳

熊孝子者名仁贍唐洪州海昏縣人也性至孝仕爲左衛府參軍袁州宜春縣丞喪毋奉柩而歸卜宅兆於縣西之歸義鄉而其地岡阜峻嶮喪舉莫能致也仁贍念非水道不可達誓傾家貲掘地爲川以通江方庀工僟而天大雨水自墓旁近地湧出成川與江流接舟以得達而窀穸之事遂矣既葬結廬墓側居六年有慈烏來巢共栖異焉於是江西觀察使路嗣恭列其孝行以聞大曆十年秋勅旌表其門閭仁贍後再調江州司戶又遷越州蕭山縣令卒于官年七十有三世因名其川曰孝子港橋曰孝感橋所居里門曰孝錫坊海昏

至宋改建昌隸南康軍淳熙六年新安朱熹守南康首命有司依准勑令護其墓且遣使祭之其文曰熹假守茲土敬諸圖經以求此邦前賢潛德隱行之實於建昌得陳太中大夫司馬暠從事中郎司馬延義以及熊君皆以孝德聞而熊君精誠所感獨致湧水成川之應私心竊敬仰焉乃復以其事請于朝有旨洊加旌表繼而嘉禾陸德輿來爲守聞而嘆曰熊孝子事前守朱文公之所表章也吾其敢不成其志則大書有唐熊氏旌表門閭八字勒諸石俾縣令鄭伯承新作其里門厥後爲守令者咸護視之惟謹莫或能廢也孝子子孫相繼繇衍至于今十一世矣

太史氏曰余家烏傷縣縣人有顏氏者秦人也蓋塟其親而躬負土焉群烏銜土來助烏吻皆傷故漢即其地縣且名之至唐又改名義烏表孝行也及余得建昌熊孝子事至慈烏來巢與吾顏氏事頗相類爲之於邑久之因竊嘆曰至哉孝乎一念之烈其感物固如是夫傳曰孝弟之至通於神明信哉

傳

## 汪同傳

趙汸

汪同字仲王始名武同避叔父諱也其父德潤以子不育故禱于雷壇是夕夢神降雷作覺而同生身長瘦黑其先世多業儒同獨不肯事筆墨躪跟不逾束毋夫人葉氏怒其不成器輒自矜曰同兒成器乃與人異與群牧戲爲分隊立長教以坐作進退法曰吾爲將帥則於某處立營於某處置旗鼓群牧悉聽命見者異之十五渡淮北行買馬交游諸軍校習騎射所有貲貨盡喪不能歸過廬江縣鷺鷥橋閘沽遇貧道者與飲道者曰吾能推命汝勿憂十年後當以武功顯冠幞頭騎善馬名傳天下官二品愼保今終語訖出門即不見及歸所假稱貸不能償父愁同曰兒爲償之吾力耕以養父毋不累于兄兄敵儒者也信其言且曰勿詒父毋憂償盈其數計錢二千四百二十緡終亦不事耕耨至正壬辰兵起蘄黃號紅巾破江饒闓三月二十一日臽婺源知州張士謙力禦不克被擒死江州鄉里遭焚掠逃竄無所乃推同爲首依山谷保聚捍禦之同分署部衆後乘五嶺前倚溪谷寇不敢犯兄敵走官軍所陳策以決進取平章三旦八喜曰得子兄弟無憂矣癸巳三月三旦八統軍自饒復徽以元帥韓邦彦鎮撫哈迷軍復胡州廣德以會于徽三月圍寨衆破賊柵殲渠首開五嶺道路獻馘轅門於是鐵古鐵兒軍由回嶺進元帥劉脫因軍由亭子嶺進同先領兵直趨州城四月一日復婺源州捷聞平章遣使賚白金五盃色段新楮二萬券賞之署義

皇明文衡卷之五十八

傳

汪回傳

[illegible]

兵千户率義兵協輔官軍由平梁界田迎合邦彥哈迷軍馬復饒郡四月十六日率先官兵由淲嶺迎會浮梁二十二日寇兵大至邦彥分隊逐敵大破之積尸滿野三戰乘勝前趨五月一日復饒州捷聞平章遣使齎勞同爲餘干州同知敵爲浮梁州同知敵卽辭歸邦彥吾留之對曰敵本田家不閑軍旅遭寇荼毒忠憤激切以至此仰叨戰勝之威饒既平定則婺源山中可以少安上養親下教子其素心也功名非所望弟同爲國吾當爲家耳秋寇再至時歲旱饑甚故饒之民競趨爲同從邦彥軍七月至十二月大小八十餘戰每先鋒破敵往往運鐵簡冒矢石出入賊中或出其後衆皆披靡無能當者由是同之勇銳善戰無不稱服左丞老老至饒首嘉勞之三且八日同戰功多亦數危殆宜稍優之甲午正月委



鎮圓壽八碉橋時饑饉之餘盜出沒掠人以食八碉橋驛道百餘里無人煙使人行商不敢過同設法招諭擇害人者殪其一二以警由是驛道無虞七月調守浮梁賊至輒敗去先是萬戶田汪保移鎮西營賊無所忌不意同至戰敗自相謂曰不料汪老子又來此同夜率壯士突賊營火之汪保潰已無功乃曰吾守西營同知自往守景德鎮汪保居西營未逾月賊破西營擒之卽據浮梁州同往復之請官鎮禦且辭疾歸使者踵至同曰吾隨軍守饒身經百戰不敢僥朝廷官爵但士卒饑疲多亡潰吾亦病弗能堪矣時福童元帥鎮徽知同還家舉爲府判乙未三月到郡四月往鎮祁門元帥馬國實信左右誘語同謝病還休寧七月宣州陷工東憲使周伯琦得脫賊庭來駐徽禮請同會元帥楊英軍復宣進遇苗軍

帥楊完者欲拉同往杭同不行以病還婺源饒自平章三旦八去後朝廷以脫脫阿魯灰並爲元帥分統三旦八軍遇賊勦捕叅政恩寧普軍鎮州城鎮撫哈迷素以戰功不受約束由是軍不統一賊得乘隙而進官軍潰恩寧普軍還駐婺源以束帛玄纁起同知婺源州事賊已至境內諸軍無鬬志十二月同與賊戰于槠槎嚴坑還謂諸帥曰軍士宜并力爲國除賊婺源不守又退往向地人無應者明日賊至城西同方給諸軍糧未甲卽上馬出北門溪塝遇賊與鬬道狹鋤戟弓矢皆莫能施賊乘高下矢石同稍却馬失足墜荷池同躍出拔劍鬬且卻賊還視不敢逼十二月之二十五日也因步追及恩寧普軍于開化之蘇溪身被數創恩寧普跪傳籌欒列脫因解衣衣之畀所乘馬揚於衆曰汪知州膽勇才略諸將



孰能及之同駐開化之馬金募兵守險阨休寧俞嵋集民兵據嶺南溪西之險以抗賊兵不能勝以其從兄士英岳鄉來告急同曰我軍士未集乏器械不可往士英强之曰嵋於公爲懿親以公故據險抗賊以待公一往兵氣自倍不往則鄉里之人旦夕虀粉矣同不得已出白霽嶺應之丙申正月十三日也軍士糧乏嵋請進兵同曰賊初至必衆我軍士未集芻糧器械皆無進不成功徒禍鄉里此行不過爲聲援耳十五日同退駐馬金賊衆大至嵋走士英逃匿賊追獲殺之其子茂逃從同爲先鋒長叅政恩寧普以休寧縣尹起敵招諭休寧婺源人人響應於是兵益集四月同分部署嚴隊伍令汪德賢汪圭爲左右翼器械稍備吳觀國吳止善葉宗茂汪周來從者衆而觀國宗茂卽爲播弄握權之機矣敵心惡其

姦貪邪媚不與同事四月十七日兵渡馬金嶺至羊棧巖賊來戰敗之至鳳林又敗之高梘渡又敗之二十三日復休寧五月二日復徽州會溧渡官兵進駐徽城升府治中實授承直郎徽州路府判五日領兵復黟縣六日復祁門同每先鋒破賊軍士乘銳氣所向無前矣牒萬戶朱文選守祁門還軍休寧道見有父子代牛耕者下馬撫問以牛與之遠近感悅敵方奉二親開化恩寧普遣使要敵至婺集餘兵督守諸險阨以爲同聲援其父謂敵曰婺源乃祖宗墳墓所在汝留意况汝弟左右持忠心者甚少敵於是招諭婺源遺同晉刻日會兵中平五月十九日同軍渡五嶺二十日復婺源會合元帥朶粘等軍駐守二十五日還駐軍休寧升浙東道僉都元帥敵駐中平結集民兵以衛鄉里六月二十一日賊復來婺源守兵潰二十六日敵領兵與賊遇輒勝進復婺源升攝婺源知州分兵設策守饒境賊不敢過會元帥朶粘帖木兒萬戶王敬田松山軍來婺源不肯駐州治於河西寅坑口樹柵自固縱軍四出殺掠不已八月敵見諸軍不進自領兵破汪可梅田砦九月同領軍二萬餘衆破西坑充田鳳游山諸賊砦直抵浮梁州連與賊戰皆捷將乘勝往復饒城因朶粘二帥忌其成功要絕餉饋乃還軍欲與戰敵力止而和解之遂還休寧元帥劉玫來鎮徽貪暴爲甚同征浮梁吳觀國以帥府都事權府不以禮交玫又徇私專殺以造釁端人以忠言告者皆爲觀國所抑遏敵嘗言趙汸學高識遠可爲師表事宜咨而後行汪幼鳳正直可爲輔至是汸極以書言繼又面論其故并幼鳳皆爲觀國所短毀不聽用玫先以小恚收其

論其攻守之勢原彼攻圍所以設不測用兵先以小書誘其
宜各而後行之以屬正直可為主先治於以書論以回
言者皆謂國所損遣並然言詐亦高謹論師出春獲
所謂事據不以書文及文向事教以書詳人以忠言
蒙宋守元帥劉文來論請會奧其同胞天以和輕國人以三
師已其攻勢要諸節兵乃還軍於與戰功乃留宣
者亘猛守來州遣與敗戰皆捷與後次圍宋請二
可轉田諸乃月同衛軍二萬餘衆攻西方亦鳳凰山諸盟
自圍繞軍西出殺掠不已入月竊見諸軍不通自領兵注
之王致西南山軍來來攻源不至諸治次河西窩坑口斷
溪知州分兵設兼守驍騎勝不敢過會元帥深結木蹈端
源守兵遺二十六日敢會領兵與敗過轆將進渡新源十撫欲



帥會於總中平軍諾集兵以衛御寶六月二十一日與良來塗
帥會兵於中平至庄城丹十二十五日還與軍休寧升浙東道會新元
會兵中平左右城丹十九日同寧漢至出道二十日復源會合元日
況水方右諸攻及步甚至乃敵於追之諸原遺同音分別日意
阻敵以為同帥修其文請敵曰殺所以乃順宗葉所在沈留
敵之奉二龍開化國公遣書遺樓要敵至於集兵守宇討賊
休寧道見有文于代中辦戊守于與夾人虞官遊兩撫
攻頭軍王來食氣所向與兵諸淮書方木交運宇神門遇輩
值師徽州路辨到石日省兵百餘勞大日復汗門同每先輩
王日二日夏徹州會衆攻官兵惠雖徹攻於汗中寶竅宗
來徹敗之至回林又取入首諸渡入取之二十三日復休寧
蔡會所攝本與同事四月十七日五與師金吉新會

梟將汪圭曹馬汪德賢殺之將以計取同同手殺其騎兵五
人奪其馬擒其一人而語之曰縱汝還還語劉元帥我與元帥
俱爲國家除强暴豈料肆貪暴之欲少不遂意即以計殺害
忠良如必欲戰請元帥約日親陣吾不敢避勿爲此盜賊見
識致知同不陷其計曰吾不可留也還軍駐嚴越小九元帥
以私憤與致戰致敗走衢宋監司殺之十二月使者至升同
爲朝列大夫都府治中兼浙東同知副都元帥郡帥八爾思
請同俱守徽同至郡即議修城壘且曰近有强敵退無所歸
宜完城爲固守計有司皆憚其煩勞八爾思懦而無斷同曰
決在元帥元帥世守此郡同亦生長此土不宜再爲嚴陵客
也八爾思應曰汪元帥且飲酒明日議之同曰國家大計豈
可以酒廢議元帥如不欲修城則元帥精兵皆在祁門宜令



還駐郡同以所鎮休寧兵進守祁門庶亦兩便八爾思曰甚
善同還休寧八爾思又聽左右言以祁門軍不可移而止同
曰是豈可與同事丁酉三月鎮南王專使致書嘉勞江浙省
平章慶同三旦八書問不絕五月丞相達識帖木兒以天子
所賚酒賜同七月鄧院判由宣來取徽逾三日同日夜往攻
之有備弗克而元帥帖木兒朶粘由婺源攻其後敵方以毋
憂家居吳觀國潛逃遂安李克魯本以進士爲帥府都事與
同甚相得時留鄧軍中以書告曰元帥前後受敵計將安出
幸至中途論心不必疑也同先以宗茂余善往克魯果於黃
墩候之曰吾謂汪公必至乃疑我邪須面可言耳宗茂還言
克魯候于黃墩元帥勿惜一行也至黃墩從者曰前途具饍
候元帥數步即是過黃墩則壯士百數騎突出克魯曰主將

請元帥相見同抽刃欲自刺克嘗走抱止之曰天下豪傑自有人元帥平日以意氣相許與親見然後知之卽馳馬偕至郡鄧院判請往金陵遂見相國俾平婺源寅坑口營柵還居郡城戊戌從鄧取嚴還送妻孥往金陵居而已以院判鎮婺源築城治兵始戊戌十二月歲己亥冬告完爲四門門各重簷複屋城上環樹楊柳官舍倉廩一新於是饒之德興浮梁皆來附儒醫幷歸軍集食足分兵教戰名譽甚隆初吳觀國逃遂安依長鎗邢同僉邢自歸于婺州觀國叛邢以歸緣同族父周以請同欣然招之觀國與同書曰觀國當危難則逃事有緒則來豈可再令𡡉成業乎同得書笑曰寧人負我觀國再至日言事艱厥成又福建以省叅政致同江浙以樞密同僉徠同庚子六月同領軍征饒駐太陽渡覓單騎潛往浙



丞相達識帖木兒奏爲樞密同僉且曰虛此以待君有日矣張大尉又以禮名至姑蘇同見張心不純潛迫致丞相達識帖木兒諸大臣於死乃往淮安與史左丞見氣義殊洽與議中原事曰李察罕公忠足任往一見之可也乃行見李公曰明公以身任天下之重宜廣攬英傑爲天子掃清寰宇建萬世不拔之基李公曰善相見恨晚曰吾中原事定平江南當自姑蘇始君遠來必朝見主上竭所欲言還則與君定約同朝京拜資善大夫淮南等處行中書省左丞御筆褒寵曰江南忠義之士還江南見李公公曰張士誠非忠於國家者旦夕當聲罪致討君與史君宜協力焉同曰諾還淮安史適與張有隙亦委心於李未幾而李爲賊降將田豐所害史曰不幸及此志不獲施宜要金陵兵往取姑蘇則不暇我謀可待

幸及己志不遂宜更金段在用茲苗藥則不設我其言
誤有漸亦委心於李未發后李頑辭田豐所害史曰不
又當畫策言計其與史智宜遣乙語曰若諸圖之安史曰道
宙忠義大士還江南見李公曰士誠非中心先國家者宜
明年拜資善大夫淮南行中書省左丞
自始蘇始言蒙來必節見主上嘉其設言劉遷回與書定江淮當
世不救之基本公曰善相見一日曉回事中原事平江淮當
明公以身任天下之事宜當寵英傑天子也者書年書
中原事曰李爽辛公忠任一見父可也乃行見李公曰
州本見諸大臣於況乃往與史左丞見義兼合與議
議大計又以豊白主按蘇往淮見張必不結潛迪致相結
至相連藏於木見奏循密同命旦白慮匹以者有曰矣



同命深同東于六月同領軍征饒湖大陽濱湖賁理沛指往浙
國再至曰言書蘇成又福又遇江以為改同江許以福密
事有緒則求豈可再今議成業乎同書矣曰寧入負教離
殊父同以請同成於拓之敵闘與同書曰觀國當存華則近
兆道技敵蓋譽所回命計自譯子毅升觀國致升以為舜議同
討來所儒暫舒歸軍東負反吐毅名業直隆乃意兵觀國
監業復城上擲協府官食今乃兵諸方是澤大酒瀕浙
將業城作兵治以十一月戰一新方是源巴
利城伏攻放亦以攻請
湖州城院判言諸金陵遂
有人元帥平曰以萬意
請元帥相同相入敢

中原事定尋爲之計乃遣使擕書往金陵使人本姑蘇人至中途嘆曰吾寧往姑蘇爲保妻子計張得其所通金陵書大怒出兵高郵張四平章與史素相得招與言事同曰往不可測也史曰將卒家留姑蘇必有所顧一也中原事如此後援未可恃二也金陵兵未即向太湖三也我輩姑待時可也未必便害我輩况四平章我昔嘗救解其危急宜不至此八月二十五日往會于高郵二十八日登舟九月二日達姑蘇士誠即拘同閉曰我待汝極厚何負於汝而反我耶同曰我之來以汝爲元太尉忠於國家今汝既叛我豈得從汝反耶四平章力營救之且具酒饌爲別同曰爲語平章甚荷厚意吾能死忠不爲無義生也但我死後諸公亦不能久於富貴耳十二日遇害臨刑顏色不少變方去高郵而朝廷以爲榮祿大夫淮南省平章命下而同死矣傷哉其子澄隨毋留金陵歲癸卯八月朱先生升爲取之還鄉里

論曰昔關羽爲曹操刺殺顏良於萬衆中以報德而卒往從昭烈者義氣之所存也昭烈爲漢室之胄雄才大略足以有爲羽之不違昭烈義也卒死於戰謀不勝勇故也同出保鄉井立勳於國義聲彰著心之終始不变其初其勇而義與羽葢類焉天理民彝不可泯於人心固如此視苟乎富貴者爲何如哉

## 洛下遺民傳　徐一夔

余游虎林葢嘗登於伍大夫之山而望焉見夫山川迴合城郭宏固邑屋鱗次嘆曰由宋涉元休養生息其盛極矣自惺兵燹于茲二紀其殷庶之積視他郡縣猶盛夫豈無瓌偉不

兵燹于洛二紀其擾[illegible]大清道[illegible]瀰漫盛矣[illegible]年卜
郭宮圍邑[illegible]之大變何由未遂元本書遷鼎其盛極矣自
令游淇林[illegible]世路於[illegible]大之上而望嵩見大山川迴合城
洛下[illegible]民[illegible]　余一覽
何如哉
蓋觀諸天理民彝不可泯於人心固如此況守富貴者
并立與於國義爲心之所不顧其心變其勢而義與之絕
爲羽之不違所以殺也吾於是知羽不勝其[illegible]也同出保衛
昭烈者義之所存也昭烈漢室之胄當大統定以有
論曰昔關羽爲曹操所敗貞於萬衆中以報德而往從
[illegible]人[illegible]未先生并爲取之遠卿里
夫漢高[illegible]章命下而同卿夫[illegible]故其子[illegible]隨俾留金陵[illegible]



二日遇害臨刑顏色不變方[illegible]高而朝廷以爲[illegible]大
況忠不當爲無義生也且[illegible]死後諸公亦不能以[illegible]高其十
[illegible]方[illegible]拔之且與酒[illegible]爲別同曰爲語乎章[illegible]宜厚能
以汝爲元太尉忠於國家今汝貞於汝而得汝同所刑四平
以卿拘同[illegible]曰執持汝厚同[illegible]汝[illegible]反曰汝之求誠
十五日往會于西獄二十八日登[illegible]九月二十日[illegible]
使害[illegible]二[illegible]平章[illegible]向[illegible]其[illegible]中[illegible]可[illegible]未
可[illegible]也金陵兵未[illegible]太湖三[illegible]一[illegible]也[illegible]
也[illegible]曰[illegible]求留[illegible]必有[illegible]中[illegible]同[illegible]
出兵高[illegible]四平章與史[illegible]一[illegible]言[illegible]曰[illegible]可[illegible]
[illegible]曰[illegible]往[illegible]爲[illegible]十[illegible]所[illegible]金陵書大[illegible]
中原[illegible]十[illegible]書往金陵[illegible]本[illegible]入至中

群之士雜處里閭而不自衒者安得見之以寫我憂下至山址見有一士長七尺餘戴古冠巾穿白練袍色如雪束黃絲絙齊曳地目瞳子烱然風約踈髯灑灑可數行通衢中高視闊步世俗莫能涵余甚異之而未敢即也從其所之前過高丘輒躡屐而上仰而若吁俯而若思歌曰陟彼高丘兮面彼圻矣維谷則崇兮陵則夷矣代有禪續兮罔測其微矣彼綸以胥兮而我則遺矣西山之人兮吾將從之歸矣莫測其所以余揖而問之曰先生爲誰瞪目熟視余久之徐曰我洛下遺民也安用問我爲余不敢詰譲識之他日見汝南生以問焉生曰此吾故人程彥澤君也君蕭河南先生純公之後其大父嘗爲言官至元大德之間以直道著君少有氣節高自稱許欲樹立奇勳名恒自誦曰夫人具性命道德之蘊通天地萬物之情達禮樂刑政之用充而大之使民與物不失其所是乃天職不然是自棄爾夫欲有爲要必爲天子輔相乃可此外不足盡力復自嘆曰嘻有命焉自古有志之士其不能致者蓋亦多矣縱能致之不如伊尹之於湯傅說之於高宗諸葛孔明之於蜀先主亦具臣爾然又自度上不繫於天下不繫於人而能有功德及人獨惟醫爾然我亦不喜爲世俗醫僥倖射利必爲神醫其立志如此其後游於五湖有葛先生者以醫鳴其術甚神先生已人疾死可立起五湖間人稱爲神醫君聞而喜曰是真吾師也乃營絡介爲先容先生不許曰吾術不以與庸夫君弗爲沮一日躬執贄幣詣先生門下求見以刺通先生素傲睨不即出見稍攬衣起從戸隙窺君見君神采爗然曰非庸夫也是能昌吾道者遂出見盡

竊書見壽神宗皇帝曰非庸夫也是能昌吾道者遂出見壽
門下未見以刺道先生素微號下節出見納揆次指彼方陳
不許曰吾術不以與庸夫若猶為避一日見韓等論言先生
稱為神醫名聞而喜曰是直吾師也乃潘絡介為先容先生
先生言以醫其術其中先生已入疾近可近處五湖間入
俗醫德傳身入必為神醫且文人如其後雅於五湖有醫
下不察族人巨能有功醫又入道醫術救亦不善治道也
宗諸葛元所作於醫先士不具症面脈訣又自上不察於子
能致清亦多矣縱能致之不知得身以於為事識之於高
可此外不足盡乃貞日謹日善有今記古有志乃十其不
所是乃天徹不木反自案而大欲有無與以為天手輔相子
地萬物之情達謹業刊攻之用元而大功之發所與萬物不失其
術許欲樹立于世名恒自詭曰夫人其注命道肩之鑒通大
大父嘗爲言官至入侍從以直道著聞當時先生高自
壽生曰此吾故人程君之孫也吾嘗請其先生以入其
道貞也欲用間欺為令不欲言事誰人他日見我南土以聞
以今直而問之曰吾生矣欲請日彼記令之入辭曰我不洛下
以貪子而教則書矣西山之入兮吾稱從之為其真則其所
所從衆谷則崇兮陵則表矣伏育輝貧兮固測其撼奚沒淪
江漸湧彌漫而上仰而若呼游而若退欲日陵彼高兮高遊
闊沈性淡莫能遍余其要以行未敢田也收其所之前醫薦
紹薦中德面隱于陶冰風約深邈滄而嶺行衝中高頌
起見有一士長七尺除鬚古冠中笄白綵福衣紳履東黃絲
許大士帶象皇闊而不自許者良傳見人以爲救度下堂山

以其術授君故君爲醫大類葛先生會天下大亂君擇地避曰虎林地大人衆易以浮沒故來居焉方是時專制方面者多自官人有薦君者輒避去曰我何可汚我何可汚未幾今天子華元命向之有官者不問仕輟悉就遣而君夷然如常時方自詑曰吾故民也吾故民也因本其所自出稱洛下遺民云汝南生陳君翰也嗚呼世有斯人哉吾恒記幼時讀詩見詩人敘述武王克商時事其稱有曰殷士膚敏祼將于京第曰帝王華命大率然爾不知其爲悲也及夫運去物改親見其事始三復而悲之曰嗟乎士固有如此者今程彥澤氏當亂世在衆人中而不同於衆人卒能自全其道哆然以遺民稱君欲自附於古之賢人者不其偉歟孔子曰斯民也三代之所以直道而行也誰毀誰譽今去孔子雖遠若遺民者亦其人也吾何言哉吾何言哉

## 傳

### 攖寧生傳

朱右

攖寧生出淯伯後名壽字伯仁世爲許襄城大家元初祖父官江南自許從儀眞而壽生焉性警敏習儒書於韓說先生日記千餘言操筆爲文辭有思致尤長於樂府京口王居中客醫儀眞治方脈術有時名壽數往叩之居中曰醫祖黃帝岐伯其言佚不傳世傳者唯素問難經子其習之乎壽遂受之既終卷乃進請其師曰素問爲說備矣篇次無緒錯簡不無遺將分藏象經變脈候病能攝生論治色脈鍼刺陰陽標本運氣彙萃凡十二類鈔而讀之難經又本素問靈樞之旨設難釋義其間榮衛部位藏府脈法與夫經絡腧穴辨之博



矣而闕悞或多愚將本其旨義註而讀之何如居中曰甚矣子之善學也篤哉子學之得其道也予守師說者于識卓理融契悟前訓于過我矣他日以醫名世其子也邪自是壽學日進益參考張仲景劉守眞李明之三家而大同之攄其所得投之所向莫不中肯綮既又傳鍼法於東平高洞陽得其開闔流注方圓補瀉之道又究夫十二經走會屬絡流輸交別之要至若陰陽維蹻衝帶六脈雖皆有繫屬而唯督任二經則苞乎腹背而有專穴諸經滿而溢者此則受之宜與十二經竝論乃取內經骨空諸論及靈樞本輸篇所述經脈著十四經發揮三卷疏其本旨釋其名義通考隧穴六百四十有七而施治功以盡醫之神秘他如讀傷寒論鈔診家樞要痔瘻篇及聚諸書本草爲醫韻皆有功後學故其行有治驗

皇明文衡卷之五十九

傳

歐陽生傳　宋公

[illegible]



[illegible]

所至人爭延致以得攖寧生診視一決生死爲無憾生無間貧富皆往治報不報弗較也遂知名吳楚間在淮南曰滑壽在吳曰伯仁氏在鄞越曰攖寧生云生年七十餘顏容如童行步輕捷飲酒無筭人有請雖祁寒暑雨弗憚世多德之其治法往往奇中人間能言之故記者頗多其徒日采表著者成編以傳其在儀眞御史中丞入臣亦家焉其內人病艱於小溲中滿喘渴門僧寶頗知醫投以蕘麥梔苓諸滑利藥而閟益甚名壽候其脈三部皆弦而澁壽曰經云膀胱者州都之官津液藏焉氣化則能出矣所謂水出高源者也膻中之氣不化則水液不行病因於氣徒行水無益也法當治上焦乃製朱雀湯倍以枳桔煎用長流水一飲而溲再飲氣平數服病已端君寶毋六十餘亦病小溲閟若淋狀小腹脹口吻



渴邀壽診其脈沈且澁曰此病在下焦血分陰火盛而水不足法當治血血與水同血有形而氣無形有形之疾當以有形法治之卽以東垣家滋腎丸服之而瘉三寶廉使仲子之妻泰不華尚書妹也病滯下晝夜五七十起後重下迫且娠九月衆醫率爲清暑散滯痛苦尤甚壽至診視曰須下去滯衆以娠不肯壽曰素問有云有故無損亦無損也動卽正產乃以消滯導氣丸藥進之得順利再進滯去繼以清暑利溲苦堅之劑病瘉而果孕不動足月乃產童氏婦年三十每經水將來三五日前臍下疞痛如刀刺狀寒熱交作下如黑豆汁既而水行因之無妊招壽診視之兩尺脈沈澀欲絕餘部皆弦急曰此由下焦寒濕邪氣搏於衝任衝爲血海任主胞胎爲婦人血室故經事將來邪與血爭作疞痛寒氣生濁下

如豆汁宜治下焦遂以辛散苦溫理血藥爲劑令先經期十日服之凡三次而邪去經調是年有孕任仲山女纔八歲病傷食煎煿內閟悶口乾唇舌燥黑腹痛不可忍或以剛燥丸藥利之而痛悶益甚壽遂以牽牛大黃清快藥爲丸以伏其燥利而愈天寧寺僧病發狂譫妄視人皆爲鬼壽診其脈纍纍如薏苡子且喘且搏曰此得之陽明胃實素問云陽明主肉其經血氣竝盛甚則棄衣升高踰垣妄罵壽以三化湯三四下復進以火劑乃脫然如故馬萬戶妻體肥而氣盛自以無子嘗多服煖宮藥積久火甚迫血上行爲衄衄必數升餘面赤脈躁疾神怳怳如癡醫者猶以治上盛下虛丹劑鎮墜之壽曰經云上者下之今血氣俱盛溢而上行法當下導奈何實實耶卽與桃仁承氣湯三四下積瘀旣去繼服旣濟湯



二十劑而愈楊子縣吏陳其當臘月鼻衄至正月凡十三日始定其脈實而數治法與前證同蓋馬婦過服剛劑陳過食煎炙飲醇酒皆積熱所致也鄧千戶二婢子七八月間同患滯下壽至診視一婢脈鼓急大熱喘悶曰此必死一婢脈洪大而虛軟微熱而小便利曰此可治即下之已而調以苦溫若堅之劑果一死一愈張沸兒暑月患中滿泄瀉小便赤四肢疲困不欲舉自汗微熱口渴且素羸瘠衆醫以虛勞將峻補之邀壽至診視六脈虛微曰此東垣所謂夏月中暑飲食勞倦法宜服清暑益氣湯投三劑而病如失記其在儀眞時所治若是什無一二焉至正間趙璉守杭州以同里知壽且邀之與俱過嘉興汪澤民病怔忡善忘口澹舌燥多汗四肢疲軟發熱小便白而濁衆醫以內傷不足擬進茸附趙彥博

爭之末央圖招伯仁至視其脈虛大而數曰是由思慮過度厥陽之火爲患耳夫君火以名相火以位相火代君火行事者也相火一擾能爲百病況厥陽乎百端之起皆自心生越人云憂愁思慮則傷心汪君平生志大心高所謀不遂抑鬱積久致內傷也然抱薪救火望安奚能遂命服東垣補中益氣湯朱砂安神丸空心則進小坎離九月餘彥博抵書云汪之疾瘳矣尹安卿妻妊五月病咳痰氣逆惡寒咽膈不利不嗜食者浹旬招伯仁診視其脈浮弦形體淸羸伯仁曰此上受風寒也越人云形寒飲冷則傷肺投以辛溫劑與之致津液開腠理散風寒而嗽自安矣既之錢唐館郡守第時出治病即爾屬縣有不能治之證皆來就伯仁臨安沈君彰者病自汗如雨不少止面赤身熱口燥心煩興來杭城舍客儴盛



暑中帷幔周密自云至虛亡陽服术附藥已數劑伯仁診其脈虛而洪數視其舌上胎黃曰前藥誤矣輕病重治醫者死之素問云必先歲氣無伐天和术附之熱其可輕用以犯時令耶又云脈虛身熱得之傷暑暑家本多汗加以剛劑脈洪數則汗益甚悉令撤幔開窗初亦難之少頃漸覺淸爽爲製黃連人參白虎等湯三進而汗止大半諸證亦稍解既而兼以既濟湯渴則用氷水調天水散服七日而病悉去後遍身發瘍疹更服防風通聖散乃已其同縣陳元善病氣發則臍下築築漸上至心下嘔涌痛遽手足淸喉中淫淫而癢眉本疼痠目不欲視頭不欲舉神昏昬欲睡而不寐惡食氣畢九控引小便數而欠年未三十　尫羸若衰耄人劣劣不自持伯仁視其脈沉弦而濇曰是得之憂鬱憤怒寒濕風雨乘之爲

仁[illegible]其所以治[illegible]固曰某[illegible]之[illegible]實滿國而[illegible]之[illegible]

控引小便數而久年未三十[illegible]人為不[illegible]自治伯

咳[illegible]目下[illegible]伸而不[illegible]食[illegible]

下[illegible]上[illegible]心下[illegible]滿[illegible]中[illegible]本[illegible]

以[illegible]則用水三[illegible]天[illegible]而[illegible]

氣[illegible]其[illegible]同[illegible]日[illegible]而[illegible]

[illegible]則[illegible]三[illegible]身[illegible]大[illegible]之[illegible]

合[illegible]得[illegible]之[illegible]天[illegible]本[illegible]以[illegible]

文[illegible]而[illegible]其[illegible]上[illegible]黃[illegible]曰[illegible]

書中[illegible]自[illegible]附[illegible]已[illegible]則[illegible]



日汗雨火止而并[illegible]口[illegible]心[illegible]與[illegible]氣合[illegible]

而[illegible]小不[illegible]治之證[illegible]來[illegible]就伯仁[illegible]

[illegible]理[illegible]而[illegible]日[illegible]安則[illegible]之[illegible]以[illegible]

安[illegible]也故[illegible]人[illegible]行[illegible]其[illegible]則[illegible]平[illegible]伯[illegible]

書[illegible]可[illegible]伯[illegible]理[illegible]其[illegible]清[illegible]伯[illegible]

之[illegible]安[illegible]是[illegible]則[illegible]小[illegible]實[illegible]不

[illegible]未必安神[illegible]之[illegible]則[illegible]九用[illegible]書[illegible]

[illegible]人[illegible]也[illegible]安[illegible]大[illegible]命[illegible]服[illegible]

人[illegible]一[illegible]心[illegible]百[illegible]不[illegible]自[illegible]

者[illegible]大[illegible]其[illegible]君火[illegible]以[illegible]相[illegible]火[illegible]

[illegible]火[illegible]目[illegible]其[illegible]所[illegible]大而[illegible]曰[illegible]

[illegible]人[illegible]圍[illegible]伯仁[illegible]其[illegible]日[illegible]

肝症也屬在厥陰故當脈所過處皆病焉厥陰肝也張從正云諸症皆屬肝素問云肝欲散亟以辛散之遂取吳茱萸佐以姜桂及治氣引經藥兼製回練等丸每十日一溫利之三月而病瘉俞彥良亦臨安人病嘔血或滿栝或盈盆且二三年其人平昔嗜市利不憚作勞中氣因之侵損伯仁視之且先與八寶散一二日服黃芩芍藥湯少有動作即急進犀角地黃湯加桃仁大黃稍間服抑氣寧神散有痰用礞石丸其始脈芤大後脈漸平三月而瘉彥良遂以此法治他人皆驗未可與妾暑月身冷自汗口乾煩躁欲臥泥水中伯仁診其脈浮而數沉之豁然虛散曰素問云脈至而從按之不鼓諸陽皆然此爲陰盛隔陽得之飲食生冷坐臥風露煎真武湯冷飲之一進汗止再進煩躁去三進平復如初杭妓有患



心疾狂歌痛哭裸裎妄罵問之則瞪視默默其父母固邀伯仁診視脈沉堅而結曰得之憂憤沉鬱食與痰交積胸中涌之皆積痰畧血復與火劑清上膈數日如故既而左丞楊完者統苗兵守江浙民頗不安居會故舊陳性中王叔雨抱乃望家渡浙江往來鄞越居虞姚間最久人皆稱之曰攖寧生初叔雨寓錢唐病傷寒他醫至皆以爲痓證當進附子持論未決其弟熙暘謁攖寧生曰舍兄病亟唯幾生忍坐視不拯乎至切其脈兩手俱沉實而滑四末覺微清以燈燭之徧體皆赤斑舌上胎黑而燥如芒刺身大熱神恍惚多譫妄語攖寧生曰此始以表不得解邪氣入裏裏熱極甚若投附必死乃以小柴胡劑益以知母石膏飲之終夕二進次日以大承氣湯下之調治兼旬乃安比來上虞燕暘館于魏氏一日乘

原禮于之醫治兼已究其上富樂賜館于謙乃一日來
乃以小心謹慎益以乃以石賚之以二運以承
寧生曰此始以表不得解與人東籌若何日以次
晉赤班吉上用指再中吉不汗到身大熱神情沉多語以閔
乎至其真嘗覺陽汗嘗潤合兄病以來曰生汗通獨不持
初求浚雨汀往來動嫁居家至獨以爲人誤當通之持論
如求潰出者江流不正所不當上經最人人中華王日主
文精詰精嫁發悉回復與火剌得之要直以醫命與有文以獨東中主
行詩潤脈沉墨而結曰得之要直嘉叔瘀其文
心疾往數觀米探程言靈問之則鍛頭數數其文甲固獨



湯今陽飲大一進汗止再盡復潰部三邊平寅汝可虛
諸不百然以止無盡汗隔陽人飲食生今王風露前直
其以所半而散之汗發熱散之問方脈以汗致故前
稟自可與妻昌貝脈今自汗口乾霜勝良汝之大詳
自病之所謂大汗以而三月而滿之言人治言故
且三所成人之曰一二一日實而有言
月而其入甲吉肯市利不乃病以書於以乃日
以美病多以病乃所合人病而後而一日
云諸官而以所乃以大亦入病
所由西以其故由所言人

盛暑肩輿入邑途中吐血数口亟還則吐甚胃拒痛體熱頭眩病且殆或以為勞心焦思所致與茯苓補心湯生至診其脈洪而滑曰是大醉飽胃血壅遏為暑迫上行先與犀角地黄湯繼以桃仁承氣湯去瘀血宿積後治暑即安陸用和病惡寒發熱頭體微痛苦嘔下泄五日矣其親亦知醫以小柴胡湯治之不解招攖寧生診視脈弦而遲曰是在陰當溫之為製眞武湯其親爭之強與人參竹葉湯進即泄甚脈且陷弱始亟以前劑服之連進四五劑乃効人始服攖寧生之賢於人遠矣余子元病惡寒戰慄持捉不定兩手背冷汗浸淫雖厚衣熾火不能解攖寧即與眞武湯凡用附六枚一日病者忽出人怪之病者曰吾不惡寒即無事矣或以問攖寧生生曰其脈兩手皆沉微餘無表裏證此蓋體虛受寒亡陽之



極也初皮表氣隧為寒邪壅遏陽不得伸而然也是故血隧熱壅須用硝黄氣隧寒壅須用桂附陰陽之用不同者無形有形之異也魏士圭妻徐病寒為疝自臍下上至心皆脹滿攻痛而脇疼尤甚嘔吐煩滿不進飲食攖寧生視之脈兩手沉結不調曰此由寒在下焦宜亟攻其下毋攻其上為灸章門氣海中脘服玄胡桂椒佐以檳木諸香茯苓青皮等十日一服温利丸藥聚而散之也士圭守其法治之兼効王宗祥之父年老病臍腹疞痛其里醫為温中散寒卒無驗宗祥因邀攖寧往視脈兩尺搏堅而沉曰此大寒由外入也寒喜中下因為疝治宜在下加沉降之劑引入下焦数服尋瘉陳伯英病肺氣焦滿攖寧生視之曰病得之多欲善飲且殫營慮中積痰延外受風邪發即喘喝痰咳不能自安為製清肺

瘧中質疾症小便不利發熱口渴咳嗽不能自汝[illegible]飲清胃
而英病所耗其津液生血之口渴多汗飲食減少往清[illegible]
中下國為治宜在下加減牛皮澤瀉引入下[illegible]又服清[illegible]
回證往治脈內用藥以堅而消口止大寒中小入[illegible]宗[illegible]
祥之父者瘡尤瀉其理中[illegible]濕[illegible]其[illegible]宗
旦一服温和脈脈古[illegible]生守其法治病[illegible]主宗
單門寅滞中謂[illegible]由下[illegible]以大諸[illegible]放其上[illegible]父
了况結不而此[illegible]內[illegible]集直以致其[illegible]上之脈
湍攻補而謂曰[illegible]在吐[illegible]不[illegible]以[illegible]下主[illegible]
形有形之[illegible]也[illegible]十七[illegible]去[illegible]為自[illegible]上王以[illegible]脈
甃[illegible]須用[illegible]氣[illegible]實須用[illegible]附[illegible]之用不同者
瘟也[illegible]内亦[illegible]藥[illegible]實[illegible]隱不得[illegible]而然也是故血



生曰其脈[illegible]十百[illegible]微[illegible]無表裏[illegible]以[illegible]邪[illegible]以[illegible]陽之
者[illegible]出入[illegible]之病者曰吉不[illegible]美曰無事[illegible]以[illegible]問[illegible]生
然[illegible]不[illegible]不能[illegible]學[illegible]利[illegible]其[illegible]一日病
於人[illegible]矣[illegible]十[illegible]為[illegible]甚[illegible]不[illegible]手[illegible]生之[illegible]
[illegible]姑[illegible]以前[illegible]服之[illegible]四[illegible]人始[illegible]其[illegible]
[illegible]其[illegible]大[illegible]與人[illegible]市[illegible]是[illegible]
胡[illegible]之不[illegible]下[illegible]五日其[illegible]用[illegible]
[illegible]實[illegible]以[illegible]行[illegible]加[illegible]治[illegible]
[illegible]以[illegible]以[illegible]五[illegible]先[illegible]
脈[illegible]而[illegible]曰[illegible]大[illegible]所[illegible]以[illegible]
時[illegible]且[illegible]以[illegible]集[illegible]所[illegible]
國[illegible]人[illegible]中止[illegible]口[illegible]則[illegible]其[illegible]

泄滿降火潤燥苦辛等劑服之既安衆詰之曰是出何方書
名何散飲生應之曰是爲混沌湯聞者皆大笑曰混沌湯有
用也潘子庸得感冒証已汗而愈數日復大發熱惡寒頭痛
眩暈嘔吐卻食煩滿咳而多汗攖寧生診之脈兩手三部皆
浮而緊曰在仲景法勞復證浮以汗解沉以下解今脈浮緊
且證在表當汗衆以虛憊難之且圖溫補生曰法當如是爲
作麻黃葛根湯三進更汗旋調數日乃瘉時淮南丞相方公
分省四明聞攖寧生名禮致見之館穀留城中一日公壻戴
頴仲以使事往奉化雪中且進冷食病內外傷惡寒頭疼腹
心痛而嘔診之脈沉且緊時伏而不見曰在法下利清穀當
急救裏清便自調當急救表今所患內傷冷飲食外受寒沴
清便自調救表裏急以桂枝湯力微遂爲變法與四逆湯服
之晬時服附子一兩明日則脈在肌肉唯緊自若外證已去
內傷獨存乃以丸藥下去宿食後調中氣數日即安方惟益
患消渴衆醫以爲腎虛水竭津不能上升合附子大丸服之
既服渴甚舊有目疾兼作其人素豐肥因是頻瘦損倉皇中
召攖寧生視之生曰陰陽之道相爲損益水不足則濟以水
火不足則濟以火未聞水不足而以火濟之不焦則枯乃令
屏去前藥更寒劑下之蕩去火毒繼以苦寒清潤之劑竟月
乃平復適方明禮寵姬新產受寒四肢逆冷脈沉弱亟令取
向所製附子大丸三四粒餌之立効生曰不得於彼而得於
此蓋用有不同耳丘彥林平居苦胷中痞滿憒憒若怔忡狀
頭目昏痛欲吐不吐忽忽善忘時一臂偏痺召攖寧生視之
當關以上脈溜而滑按之沉而有力攖寧曰積飲滯痰橫於

當圍以上脈溜而將採入之而在之瘦留日積飲耕殘積久
頭自君清欲吐下旦為溜諸坊拜一皆痛渾日熙溜上土而況之
此蓋消有不同开丘為林平居智留中溜減渾濁溝指而中大
同而謂所于古大乃三四有首以古沙用回而不偏分病肉律於
乃于安適方明遭藏子大時遠愛集曰時逆沃景河泥於令服
奪去而樂東業其下火藏去大書儀以若集青溜間蟲河日
火不足則濟以火未閉水不又在以大濟於水則持治乃令水
呂贈降主況入生曰傳湯之近袖寒揖給水不驗則痺以中
既服湯其諸有日交養作且入素豐服因是禎騰書無禾
惡消濕象釁以寫背者水通洋不其上升合所于大禾服但
野為圖存乃以之藥十宜食淡調中亂設日阿安方通絡
入時所服所于一所日月所任已內喧景自若外錢已去



清便自調故素囊與以往救滿乃議復之變並與西逆過服
息故棄清便自調當與故表今所典冷傳之議食水安洪治
公痛而鹽詩之脈況且緊肺伏而不見曰內往外注下和青發當
謂中以便事往奉作書中日進於食而內外衛諸寒頭東服
分苗四明閣藏降全名禮豹見之諸兼酉故中一日公相方
作承書標服湯三通更汗與成調數曰乃痛肝匪之法箱撒公
且證在表當汗散之大淮雍內曰圖匪補主曰解當今畏養
淨而後已用乎學于學演證洋以汗囊況以下解如服洋當
夜之運溜吐部令福兼以而必于數部土之品以京洛中三焉
用出溜于曹化數出閂十更食愛曰真大溪嶺浮養頭道
名宜散汝生痛汝八曰最究若遇者者大為曰遇沈適有
消諸降入溜熊病非苗乃嘉張苗未講公田昌出何方書

胷膈蓋得之厚味醇酒肥膩煎炙蓄熱而生濕濕聚而痰涎宿飲皆上甚也王冰云上甚不已吐而奪之法當吐候春日開明如法治之以物撩咽中須臾大吐異色頑痰如膠飴者三四升一二日更吐之三四次則胷中洞爽平復矣龍君澤分院餘姚其室張暑月中病經事沉滯身寒熱自汗咳嗽有痰體瘦悴腹臍刺痛掐攖寧生至診視脈弦數六至有餘生曰此二陽病也素問云二陽之病發心脾女子得之則不月二陽陽明也陽明爲金爲燥化今其所以不月者因其所遭也陽明本爲燥金適遭於暑暑火也以火爍金則愈燥矣血者水類金爲化源宜月事沉滯不來也他醫方爲製歸茸桂附丸以溫經而未進生曰夫血得寒則止得溫則行得熱則搏搏則燥復加燥劑血益乾則病必甚亟令卻之更以當歸



柴胡飲子爲之清陽瀉火流濕潤燥三五進而經事通餘病悉除龍君曰微生幾爲人所誤矣宋無逸餘姚大儒也病瘖瘠損饘粥難下咽六十餘日殆甚攖寧生聞而往視之脈數兩關上尤弦疾乂體瘠而神則完生曰是積熱居脾且滯於食飲法當下衆疑而難之藥再進而疾去其半復製甘露飲柴胡白虎等劑浹旬而起如故後四歲無逸客昌國病頭面腫赤妨於飲食或進以養附攖寧爲製劑清上散火而瘉無逸曰嚮得清涼藥以濟危急否則誤於剛劑矣德之不忘嘗以語人云夏思忠病胷膈脹痛心怔忡嘔逆煩懣不食情思惘惘不暫安目睆睆無所睹攖寧生視之六脈皆結澀不調無復參伍甚恠之既徐而察之其人機深慮思太過加之脾胃內傷積爲痰涎鬱于上膈然也素問云思則氣結又云陰

氣者靜則神藏躁則消亡飲食自倍腸胃乃傷其是之謂乎爲製祛順丸服之旋復平和思忠曰吾疾諸治罔効始以爲天下無藥兹服生祛順丸乃知天下有藥矣金丙病韓自行邀攖寧生往視之脈數而散體寒熱咳血痰生曰此二陽病也在法不治當以夏月死至立夏果死自行愀然曰攖寧生能知死必能知人生矣乎方德明七月内病發熱或令其服小柴胡湯必二十六劑乃瘉如其言服之未盡二劑則升發太過多汗亡陽惡寒甚肉瞤筋惕乃固請攖寧生視脈微欲無卽以眞武湯進七八服稍有緒更服附子七八枚然後瘉夏子韶妻始病瘧當六七月他醫以爲脾寒胃弱久服桂附後瘧雖退而積火燔熾致消穀善饑日數十飯猶不足終日端坐如常人第目昏不能視足弱不能履腰胯困軟肌肉虛肥至初冬子韶謁攖寧生往候脈洪大而虛濡曰此痿證也長夏過服熱藥所致蓋夏令濕當權剛劑太過火濕俱甚肺熱葉焦故兩足痿易而不爲用也東垣有長夏濕熱成痿之法當以此治之食日益减目漸能視至冬末忽自起下榻行步如故其姪夏仲儒因拘留赴海積恐怖心常惕惕如畏人捕之狀攖寧生視之脈豁豁然虛大而浮體熱多汗曰凡病得之從高墜下驚仆擊搏留滯惡血皆從中風論終歸厥陰此海藏之說也蓋厥陰多血其化風木然也有形當從血論無形當從風論今仲儒之疾是走無形也從風家治之兼爲化痰散結佐以鐵粉朱砂丸良瘉鄭高卿毋倪病瘧寒熱嘔涌中滿而痛下利不食年五十餘殊困頓他醫爲清脾氣理中脘不效邀攖寧生視脈沉而遲生曰是積暑與食伏痰在

中當下之或曰人疲倦若是且下痢不食烏可下方僟進參附生曰脉雖沉遲按之有力雖痢而後重下迫不下則積不能去病必不巳其毋弟倪仲權獨是之乃以消滯丸藥微得通利即少快明日復加數服之宿積腸垢盡去向午即思食旋以姜橘参苓淡滲和平飲子調之旬餘乃復王敬中毋病反胃每隔夜食飲至明日中昃皆出不消化他醫以暖胃之藥悉試之罔効敬中詣攖寧生言且固請往視脉在肌肉之下甚微而弱生揆衆醫用藥無遠於病何至不効心歎然未決一日讀東垣書謂吐有三證氣積寒也上焦吐者從於氣中焦從於積下焦從於寒其脉沉而遲朝食莫吐莫食朝吐小溲利大便秘爲下焦吐也法當通其秘溫其寒氣復以中焦藥和之生得此說而喜起嘆曰其合於王毋之證歟但王



毋大便不秘遂再往視專治下焦散寒以茱萸茴香爲君丁桂半夏爲佐服至二三十劑而飲食晏然生曰經不云乎寒淫所勝平以辛熱其是之謂歟俞德明嘗病傷寒經汗下病既去而人虛背獨惡寒脉微細如線湯熨不應攖寧生乃以理中湯劑加薑桂藿附大作服外以蓽撥良姜吳椴桂椒諸品大辛熱爲末和姜糊爲膏厚付滿背以紙覆之稍乾即易如是半月竟平復不寒矣此尤治法之變者也顧機仲病傷寒後勞復發熱自汗經七日或以爲病後勞將復補之攖寧生曰不然勞復爲病脉浮以汗解矣補爲以小柴胡湯三進再汗而蘇胡茂林子婦魏仲彬妹也新産二日惡露不行臍腹痛頭疼身寒熱當隆冬時衆醫皆以爲感寒溫以姜附益大熱手足搐搦語讝目擷仲彬固邀生往診脉弦而洪數而

赤目閉語喃喃不可辨舌黑如炲燥無津潤胸腹按之不勝手蓋燥劑搏其血內熱而風生血蓄而爲痛也生曰此產後熱入血室因而生風即先爲清熱降火治風涼血兩服頗爽繼以琥珀牛黃等稍解人事後以張從正三和散行血破瘀三四服惡露大下如初時產已十日矣於是諸證悉平方明禮內人盛暑病洞泄厥逆惡寒胃脘當心而痛自腹引脇轉爲滯下嘔噦不食人以中暑霍亂療之益劇攖寧生診其脈三部俱微短沉弱不應呼吸曰此陰寒極矣不亟溫之則無生理內經雖曰用熱遠熱又曰有假其氣則無禁也於是以薑附溫劑三四進間以丹藥脈稍有力厥逆漸退更服姜附七日眾證悉去遂以丸藥除其滯下而臟腑自安矣生之活人率類此然頗有不盡述者生嘗語其徒曰予在儀真時聞



友人王德全言江西有醫士曰黃子厚爲術精詣其治往往出人意表有富家子年十七八病偏體肌肉坼裂名子厚治子厚偕門生四五輩往診視各以所見陳論皆未當子厚乃屏人詰病者曰童幼時曾近女色犯天真乎曰當十三四曾近之已子厚曰得其說矣褚澄云精未通而御女則四體有不滿之處後日有難狀之疾在法爲不可療後果惡汁淋漉痛楚而死又鄰郡一富翁病泄瀉彌年禮致子厚診療浹旬莫效子厚曰予未得其說求歸一日讀易至乾卦天行健朱子有曰天之氣運轉不息故閣得地在中間如人弄椀珠只運動不住故在空中不墜少有息則墜矣因悟向者富翁之病乃氣不能舉爲下脫也又作字持水滴吸水初以大指按滴上竅則水滿筒放其按則水下溜無餘乃豁然悟曰吾可

治翁證矣即治裝往翁家驚甚至即爲治艾灸百會穴未三四十壯泄瀉止矣生自少識之後在鄞胡元望女生始六月亦病泄瀉不已因教以前灸即瘉予厚在至治天曆間術甚行虞文靖公嘗有贈醫士黄子厚詩云

史右曰予幼喜業醫遇醫士輙近之觀其治往往誤藥死若以試其術然予懼陰殺人而莫之罪必不逭於天刑遂棄不復習襄城摟寧生壽能活人反掌間而奇驗若此時人爲之語曰世以人試術生以術活人其相去奚啻千萬予聞盧扁曰聞病之陽論得其陰聞病之陰論得其陽倉意曰吾以脈法治之而瘉生其有得於二子者歟

## 唐珏傳

張孟兼

唐珏字玉潛會稽人也少孤能力學以明經教授鄉里子弟而養其母至元戊寅浮圖總統楊璉真伽利宋殯宮金玉故爲妖言惑主聽發之珏獨懷痛忿乃貨家具行貸得白金若干爲酒食陰名諸惡少享于家衆皆驚駭前請曰平日且不敢見今名我飲又過禮不審欲何爲雖死不避珏因泣數行下謂之曰爾輩皆宋人吾不忍陵寢之暴露已造石函六刻紀年一字爲號自思陵以下欲隨號收殯之衆皆諾中一人曰此固義事也然今無有知者恐萬一事露禍不測不得終志奈何珏曰吾以籌之矣要當易以他骨焉衆如珏言夜往收貯遺骸瘞蘭亭山後上種冬青樹爲識約明日復來會出金帛爲人人壽戒勿泄也璉又易宋內爲諸浮圖乃裒陵骨雜馬牛枯骼築白塔號曰鎮南以爲陵骨已鎮而不知眞之他存也亡何汴人袁俊爲越治中招珏爲子師間問曰吾

唐王珪傳

張孟兼

聞越有唐姓瘗宋諸陵骨豈君邪坐有指珏者俊大奇之手加額曰先生義士哉豫讓不及也竊聞高義之日久矣不意得與先生處因訊珏以故甚貧俊亟為買田宅居之先是珏臥疾一夕夢吏持文來名曰帝名君速之行至見宮闕邃麗一人冕旒中坐旁一人延上殿又數黄衣進揖珏曰賴收遺骸無以報俄曰第報良田二頃有妻孥以養乃復揖及闕翻然而北覺莫省謂何已而會俊料理事如夢中始悟夢中見也有謝翺者文丞相客也與珏友善嘗感珏事為作冬青樹引語甚悽苦時讀者莫不灑泣翺字臯羽閩人亦奇士云

傳者曰余讀晉世家知趙氏有後矣非程嬰公孫杵臼而莫存其孤今十七廟不食而有暴骸之難獨珏能瘞之甚義乎哉嗚呼珏一布衣爾蓋其義視程公孫何媿哉千載而下有國士之風者非珏誰歟吾所以傳之毋亦使其無傳



## 鄭烈婦傳　宋濂

烈婦姓石氏金華人諱勝字文素敏慧而勤柔順而婉嫁為浦江義門鄭洪妻鄭氏以禮法齊家石氏奉尊能敬事夫盡禮處衆以和上下咸悅而安之洪性聰敏受業太史宋公通尚書要旨識見明達臨事機變

國朝開基建業今曹國李公分鎮嚴陵辟洪叅謀軍事陳善效忠甚見禮重久之用薦者入　朝為引禮郎轉江西行省照磨有能聲秩滿改内藏庫提點未幾同官有坐法者以辭累洪竟死於獄石氏從處官寓悲號痛哭若不欲生吏議當配石氏仰天慟曰生為義氏婦死則為其鬼耳吾夫已亡豈使汙其身以玷旌門乎遂絶粒不食鄰媼強以糜粥不聽如

是者八月求其死而弗得引繩自絕公卿朝士聞者皆稱為烈婦事聞
皇上嘉嘆曰此眞義門婦矣濂承乏國史既登載其事復著為家傳而歸之鄭氏云

史官曰余居金華熟聞鄭氏孝義之著禮法之盛今觀呂氏操行皎如白日可謂難能者矣雖其染濡家訓亦天性然也稱為烈婦不亦宜哉使其守志不堅苟幸以偷生其於旌門寧不有玷乎今蒙
王音之嘉美公卿之稱譽則其門益有光矣庸表而出之以勵風俗云

## 豐本傳

唐肅

豐本蓋古仙人也一號乂眎先生相傳伊耆氏之世磵居學道得不死術後出仕于周其　爲醢人屬與昌氏菁氏茆氏共掌俎豆凡祭祀燕饗食王及后世子之內羞咸取給焉故周公天官書列其職戴氏禮記載其名豳七月詩亦歌其中春薦廟事周亡不知所之或云隱畦町間與農圃者伍人多怪之或執而髡其首或戕其支體尋復生完然始知先生為仙人也漢時與處士郭林宗友林宗館于家客至輒命與同食晉衛尉石崇豪侈擅一世知先生賢咄嗟名之先生亦不拒往就然策崇必敗曰不去將累我我固不憂為彼累也遂逸去南齊侍中庾杲之家貧好清士每延先生共飯人皆曰庾郎得豐本為不貧矣唐隱者衛賓與拾遺杜甫善甫嘗過賓宿先生亦冒雨至相與酣飲甚適甫有詩美之載甫集中宋生貌蒼古綠髮白趾常被翠羽衣所棲止人望之恒有氣鬱

[illegible]

皇明文衡卷之五十九　十四

豐本傳　唐肅

豐本蓋古仙人也一號文明先生[illegible]

[illegible]國俗云

[illegible]喜美公卿之[illegible]其[illegible]有光采而出之以

[illegible]有括乎今業

[illegible]

皇上嘉[illegible]

[illegible]

恖然即之咀嚼其言論有至味令人灑然忘俗壽莫知其幾也今游會稽巖壑中時時過山人韓氏亭上吟翁鍊士多見之者云

野史氏曰列仙傳不載豐本失矣其所載亦未有壽如豐本至今尚存者莊生言古之太椿以八千歲爲一春物且壽若是矧仙乎豐本仕于周間出于漢晉齊唐所與皆有德者獨齊奴否耳然左慈見曹孟德頗類蓋和光同塵玩世不羈仙之常也今在越不之他獨之韓氏韓亦郭使杜衛之流歟

## 傳

### 鐵崖先生傳

貝瓊

鐵崖先生者名維楨字廉夫姓楊氏世爲紹興山陰縣人母李氏夢金錢自月墮於懷既寤生先生少穎悟好學日記書數千言父宏爲築萬卷樓鐵崖山中使讀書樓上懼性弗顓易去梯轆轤傳食積五年貫穿經史百氏雖老師弗及因號鐵崖登元泰定丁卯進士第授承事郎天台縣尹未幾丁父憂服闋改紹興錢清場司令坐搶鹽久不調遂放浪錢唐與道士張雨遊西湖南山窮日夜爲樂至正初詔徵天下儒臣修遼金宋三史先生不得預史成正統訖無定論乃著正統辨其詞曰正統之說何自而起乎起於夏后傳國湯武革



世皆出於天命人心之公也統出於天命人心之公則三代而下歷數之相仍者可以妄歸於人乎故正統之義立於聖人之經以扶萬世之綱常聖人之經春秋是也春秋萬代史宗也首書王正於魯史之元年者大一統也五伯之權非不強於王也而春秋必黜之不使奸此統也吳楚之號非不竊於王也而春秋必外之不使僭此統也然則統之所在不得以割據之地僭僞之名而論之也尚矣先正論統於漢之後者不以劉蜀之祚促與其地之偏而奪其統之正者春秋之義也彼志三國降昭烈以儕吳魏使漢嗣之正下與漢賊並稱此春秋之罪人矣復有作元經自謂法春秋者而又帝北魏黜江左其失與志三國者等爾以致尊昭烈續江左兩魏之名不正而言不順者大正於宋朱氏之綱目焉或問朱氏

述綱目主意曰在正統故綱目之挈統者在蜀晉而抑統者則秦昭襄唐武氏也至不得已以始皇之廿六年而始繼周漢始於高帝之五年而不始於降秦晉始於平吳而不始於泰和唐始於羣盜既夷之後而不始於武德之元又所以法於春秋之大一統然則今日之修遼金宋三史者宜莫嚴於正統與夫一統之辯矣自我世祖皇帝立國史院嘗命承旨百一王公修遼金二史矣宋亡又命詞臣通修三史矣延祐天曆之間屢勤詔旨而三史卒無成書者豈不以三史正統之議未決乎夫其議未決者又豈不以宋渡于南之後拘於遼金之抗於北乎吾嘗究契丹之有國矣自灰牛氏之部落始廣其初枯骨化形戴猪服豕荒唐怪誕中國之人所不道也八部之雄至阿保機披其黨而自尊迨耶律光而其勢浸



盛契丹之號立於梁貞明之初大遼之號改於漢天福之日自阿保機訖于天祚凡九主歷二百一十有五年夫遼固唐之邊夷也乘唐之衰草竊而起石晉氏通之且割幽燕以與之遂得窺覦中夏而石晉氏不得不亡矣而議者以遼承晉統吾不知其何統也金之有國始於完顏氏實臣屬於契丹者也至阿骨打尚逃性命於道宗之世遂敢萌人臣之將而篡有其國僭稱國號於宋重和之元相傳九主凡歷一百一十有七年而議者又以金之平遼克宋帝有中原而謂接遼宋之統吾又不知其何統也議者又謂完顏氏世爲君長保有肅慎至太祖時南北爲敵國素非君臣遼祖神冊之際宋祖未生遼祖比宋前興五十餘年而宋嘗遣使卑詞以告和結爲兄弟晚年遼爲翁而宋爲孫矣此其說之曲而陋者

也漢之匈奴唐之突厥不皆興於漢唐之前乎而漢唐又與之通和矣吳魏之於蜀也亦一時角立而不相統攝者也而秉史筆者必以匈奴突厥爲紀傳而以漢唐爲正統必以吳魏爲分繫而以蜀爲正綱何也天理人心之公閱萬世而不可泯者也議者之論五代又以朱梁氏爲篡逆不當合爲五代史其說似矣吾又不知朱晃之篡克用氏父子以爲仇矣契丹氏背唐兄弟之約而稱臣於梁非逆黨乎春秋誅逆重誅其黨契丹氏之誅當何如哉且石敬塘事唐不受其命而篡其國亦非正矣契丹氏虜出帝陷晉爲遼漢興而人心應漢謂之承晉又可乎縱承晉也謂之統可乎又謂東漢四主遠兼郭周宋至興國四年始受其降遂以周爲閏以宋統不爲受周禪之正也吁苟以五代之統論之則南唐李昪嘗立



大唐宗廟而自稱爲憲宗五代之孫矣宋於開寶八年滅南唐則宋統繼唐不優於繼漢繼周乎但五代皆閏也吾無取其統吁天之歷數自有歸代之正閏不可紊千載歷數之統不必以承先朝續亡主爲正則宋興不必以膺周之禪接漢接唐之閏爲統也宋不必膺周接唐以爲統則遂謂歐陽子不定五代爲南史爲宋膺周禪之張本者皆非矣當唐明宗之祝天自以夷虜不任社稷生靈之主願天早生聖人自是天人交感而宋太祖生矣天厭禍亂之極使之君主中國非欺孤弱寡之所致也朱氏綱目於五代之年皆細注於歲之下其遺意固有待於宋矣有待於宋則直以宋接唐統之正矣而又何計其受周禪與否乎中遭陽九之厄而天猶不泯其社稷瓜瓞之系在江之南子孫享國又凡百有五十有五

年金泰和之議以靖康爲遊魂餘魄比之昭烈在蜀則泰和之議固知宋有遺統在江之左矣而金欲承其未絕爲得統可乎好黨君子遂斥紹興爲僞宋吁吾不忍道矣張邦昌迎康邸之書曰由康邸之舊藩嗣宋朝之大統漢家之厄十世而光武中興獻公之子九人而重耳尚在茲惟天意夫豈人謀是書也邦昌肯以靖康之後爲遊魂餘魄而代有其國乎邦昌不得革宋則金不得以承宋是則後宋之與前宋卽東漢西漢之比爾又非劉蜀牛晉族屬疏遠牛馬疑迷者之可以同日語也論正門者猶以正統在蜀正朔相承在江東矧嗣祚親切比諸光武重耳者乎而又可以僞斥之乎此宜不得以渡南爲南史也明矣再攷宋祖生於丁亥而建國於庚申我太祖之降年與建國之年亦同宋以甲戌渡江而平江



南於乙亥丙子之年而我王師渡江平江南之年亦同是天數之有符者不偶然天意之有屬者不苟然矣故我世祖平宋之時有過唐不及漢宋統當絕我統當續之喻是世祖以歷數之正統歸之於宋而以今日接宋統之正自屬也當時一二大臣又有奏言曰其國可滅其史不可滅也是又以編年之統在宋矣論而至此則中華之統正而大者皆不在遼金而在於天付生靈之主也昭昭矣然則論我元之大一統者當在平宋而不在平遼與金之日又可推矣夫何今之君子昧於春秋大一統之旨而急於我元開國之年遂欲接遼以爲統至於咈天數之符悖世祖君臣之喻逆萬世是非之公論而不恤吁不以天數之正華統之大屬之我元承乎有宋如宋之承唐唐之承隋承晉承漢也而妄分閏代之承欲

以荒夷非統之統屬之我元吾又不知今之君子待今日爲何時待今聖人爲何君也哉烏乎春秋大一統之義吾已悉之請復以成周之大統明之於今日也文王在諸侯位凡五十年至三分天下有其二遂誕受天命以撫方夏然猶九年而大統未集必至武王十有三年伐紂有天下商命始革而大統始集焉蓋革命之事間不容髮一日之命未絕則一日之統未集當日之命絕則當日之統集也宋命一日而未革則我元之大統亦一日而未集也成周不急於文王五十年武王十三年而集天下之大統則我元又豈急於太祖開國五十年及世祖十有七年而集天下之大統哉抑又論之道統者治統之所在也堯以是傳之舜舜以是傳之禹禹湯湯以是傳之文武周公孔子孔子沒幾不得其傳百有餘年而



孟子傳焉孟子沒又幾不得其傳千有餘年而濂洛周程諸子傳焉及乎中立楊氏而吾道南矣既而宋亦南渡矣楊氏之傳爲豫章羅氏延平李氏及於新安朱子朱子沒而其傳及我朝許文正公此歷代道統之源委也然則道統不在遼金而在宋在宋而後及於我朝君子可以觀治統之所在矣嗚呼世隔而後其議公事久而後其論定故前代之史必修於興代之君子以其議公而論定也晉史修於唐唐史修於宋則宋史之修宜在今日而無讓矣而今日之君子又不以議公論定者自任而又諉曰付公論於後之儒者吾不知後之儒者又何儒也此則余爲今日君子之痛惜也今日堂堂大國林林鉅儒議事爲律吐詞爲經而正統大筆不自竪立又闕之以遺將來不以貽千載綱目君子之笑爲厚恥吾又

不知負儒名於我元者何施眉目以誦孔子之遺經乎洪惟聖天子當朝廷清明四方無虞之日與賢宰臣親覽經史有志於聖人春秋之經制故斷然定修三史以繼祖宗未遂之志甚盛典也故知其事大任重以在館之諸賢為未足而又遣使草野以聘天下之良史才負其任以往者有其人矣問之以春秋之大法綱目之主意則槩乎其無言也嗚呼司馬遷易編年為紀傳破春秋之大法唐儒蕭茂挺能議之孰謂林林鉅儒之中而無一蕭茂挺其人乎此草野有識之士之所甚惜而不能倡其言於上也故私著其說為宋遼金正統辨以俟千載綱目君子云君其推子午卯酉及五運之王以分正統之說者此日家小技之論王勃兒輩之佞其君者爾君子不取也吾無以為論辨出見者疑之謂其正大光明雖



百世之下無以易之者欲獻不果去游吳興遂至姑蘇而華亭大姓呂翁延于家誨子弟八年始除杭州四務提舉同年楊子宣為江浙省參知政事惜其才欲薦于朝疏未上卒十二年汝潁兵起南北騷然先生既受代卽辟地富春山後依元帥劉九九於建德九九敗後挈家歸錢唐艱難困踣嘯歌自若十八年太尉張士誠知其名欲見之不往繼遣其弟來求言因獻五論及復書斥其所用之人其畧曰閣下乘亂起兵首倡大順以弊王室淮吳之人萬口一詞以閣下之所為有今日不可及者四兵不嗜殺一也聞善言則拜二也儉於自奉三也厚給吏祿而奸貪必誅四也此東南豪傑望閣下之可與有為也閣下孜孜求治上下決不使相徇也直言決不使遺棄也毀譽決不使亂真也惟賢人失職四民失業者

尚不少也吾惟閣下有可畏者又不止是動民力以搖邦本用吏術以括田租銓放私人不承制出納國廩不上輸受降人不疑任忠臣而復貳也六者之中有其一二可以喪邦閣下不可以不省也況為閣下之將帥者有生之心無死之志矣為閣下之守令者有奉上之道無恤下之政矣為閣下之親族姻黨者無祿養之法有奸位之權矣某人有假佞以為忠者某人有託詐以為直者某人有飾貪虐以為廉良者閣下信佞為忠則臣有靳尚者用矣信詐為直則臣有趙高者用矣信貪虐為廉良則蹻蹻者進惰爽者退矣又有某縲使而拜虜乞生某郡太守望敵而先遁閣下禮之為好人養之為大老則死節之人少賣國之人衆矣是非一謬黑白俱紊天下何自而治乎及觀閣下左右參議贊密者未見其於切



政病規進閣下於遠大之域者使閣下有可為之時有可乘之勢而迄無有成之效其故何也為閣下計者少而為身謀者多則誤閣下者多矣身犯六畏釁闕多端不有內變必有外禍不待智者而後知也閣下狃於小安而無長慮此東南豪傑又何望乎僕既老且病爵祿不干於閣下惟以東南切望於閣下幸采而行之毋蹈羣小誤人之域則小伯可以為錢鏐大伯可以為晉重耳齊小白也否則麋鹿復上姑蘇臺始憶東維子之言於乎晚矣東維子蓋晚年所號也衆惡其直且目為狂生時四境日蹙朝廷方倚丞相達識帖木兒為保障而納賄不已復上書風之由是不合久之徙松江受業者益衆雖武夫悍卒識與不識皆知得其文為重

大明革命召諸儒考禮樂洪武三年正月至　京師年已七

大明奉命詣浙江督課洪武三年正月至京師年己七

吉命與雖在大學中撰過不與語曾有其文名重

保障而練制不已從上貴風之由是又不合又從松江受業

直且自為往年所讀且親朝往方所相地識皆本己為

泊隱東雜之言行中說矣東雜十講說乎所謂也當祖其

後繆大怕可以為習中耳祭小白也古則羹甫使上始縣壹為

望於閣小辛未而行之與臨小說人之威則小伯可以為物

豪像入何望乎漢良者消言萬小說入拜閣下雖以東南物

列德不徐有皆治亦尊也閣下且千於閣下無慮比東南

者獲則說閣下者必矣身犯六曰殺閣多論於不有內亦又必有

之辭而論無有成之致其故何也為閣下計於少而為身謀

政病說進閣下惟遠大之故者使閣下有可為之時有可來



天下向自而治乎及觀閣下左右亦為諸賢者未見其於功

為大老則死節之人少賣國之人衆矣是非一謀黑白俱紊

而律舊全其節太守望敵而先遁閣下禮之為好入養之

用矣信今貪者為廉民則避禍者進陽夷之者退矣又有其繼禮

下信從為善則臣有新尚者用矣信許為直則臣有趨高者

也若其人有言許以為直者其入行飾貪雪以為廉民者閣

親族姻黨者由是於亦行於位之權矣其人有擬以為

矣為閣下之守今非有補上之道無而下之政矣為閣下之

下不可以不進也況為閣下之將帥者有生之心無所入生

人不疑任忠臣而復戚也六者之中有其一二可以喪邦國

用者以術以陷田祖益於入不消中出經國庫下上而受庫

尚不少也若論閣下有可畏者尤不止是勢民亦以滲本

十有六有疾得請歸夏六月卒太守林孟善爲買地葬之先生爲人不尚峻絶之行接引人物稱之恒過其實士以此感附之而於賢者亦未嘗挍曲直他日遇之如初有貴游子既破産流落淞上數踵其門竟持所購倪雲林畫去左右欲辱之曰吾哀其困使往見一達官以書畫爲介且非盜也務掩人過如此性不好飲特溺於音樂出必從以歌童舞女爲禮法士所疾一日遊盤龍塘夜抵普門寺宿盜伺其亡盡竊所蓄物黎明家人往白之賦詩不輟直語客曰老鐵在是區區長物又奚恤衆服其器家隱三吳屢遷其居有曰草玄閣曰藉景軒曰桂熲樓其曰小蓬臺者以紹興之山名蓬萊示不忘鄉里云後止臺上不復下且榜於門曰客至不下樓恕老懶見客不答禮恕老病客問事不對恕老默發言無所避恕老迂飲酒不輟樂恕老狂所著春秋大意左氏君子議史鉞麗則遺音及志序碑銘贊頌古樂府近體五七言詩鐃歌鼓吹曲凡若干卷行于世

論曰元繼宋季之後政厖文抏鐵崖務鏟一代之陋上追秦漢雖詞涉夸大自姚虞而下雄健而不窘者一人而已湖南李祈評其所作曰玉光劍氣自不可掩身屢詘而名益昌良有以夫仕止典市官卒不得大用噫君子之所貴文豈位也哉

## 南宮生傳　　高啓

南宮生吳人偉軀幹博涉書傳少任俠喜擊劍走馬尤善彈指飛鳥下之家素厚藏生用周養賓客及與少年飲博遊戲盡喪其貲逮壯見天下亂思自樹功業乃謝酒徒去學兵得

風后握奇陳法將北走中原從豪傑計事會道梗周流無所合遂泝大江遊金陵入金華會稽諸山蒐覽瓌怪渡淛江泝具區而歸家居以氣節聞衣冠慕之爭往迎候門止車日數十兩生亦舊交無貴賤皆傾身與相接有二軍將恃武橫甚數毆辱士類號虎冠其一嘗召生飲或曰彼酗不可近也生笑曰使酒人惡能勇吾將柔之矣即命駕往坐上座爲語古賢將事其人竦聽居樽下拜起爲壽至罷會無失儀其一嘗遇生客次顧生不下已目慴生而起他日見生獨騎出從健兒帶刀策馬踵生後君將肆暴者生故緩轡當中道進不少避知生非懦儒遂引去不敢突冒詞避明旦介客詣生謝請結驩生能以氣服人類如此性抗直多辯好箴切友過有忤已則面數之無留怨與人論議斷必勝然援事析理衆終莫



能折時藩府數用師生私策其雋蹶多中有言生於府欲致生幕下不能得將中生法生以智免家雖以貧然喜事故在或饋酒肉立召客與飲唱相樂四方游士至吳者生察其賢必與周旋款曲延譽上下所知有喪疾不能葬療者以告生輒令削牘疏所乏爲請諸公間嘗具之終歆其德不言故人皆多生謂似婁君卿原巨先而賢過之久之稍厭事闔門寡將迎闢一室庋歷代法書周彝漢硯唐雷氏琴日遊其間以自娛素工草隸逼鍾王患求者衆遂自閟希復執筆歆慕靜退時賦詩見志怡然處約若將終身生姓宋名克家南宮里故自號云

賛曰生之行凡三變每變而益善尚俠末矣欲奮於兵固壯然非士所先晩迺刮磨豪習隱然自將履藏器之節非有德

能之乎與夫不自知返遠道德者異矣

天刑生傳　　　蘇伯衡

天刑生者名闕天刑生其號也生生而病兎闕因名闕而自號闕翁及年壯更得盲聵拘攣病生傷目之不明也耳之不聰也手之不能執也足之不能履也曰類若吾矐吾薰吾攦吾欽者孰為之天也天何刑我酷也吾殆有隱慝乎古之刑幾而吾今具四刑悲夫以此更今號曰天刑生云或曰生嘗坐族子德脩乾沒内庫物簿録其家就逮南京

今天子獨其非辜卒還其家財而縱之帰

天子即天也

今天子不忍生罪而謂天且刑生孰信之或曰生大父父仕皆不大顯未嘗竊王柄作威福倚法報復鬻獄而漁色淫刑



而黷貨亦未嘗武斷而兼并極奢窮欲而暴殄天物生又讀書循理未嘗多行不義事熟視之不得所以致疾狀而生乃有斯疾信隱慝致邪夫天於人也隱慝價凡察之而矐之薰之攦之欽之如此則陽為不善者之當何如人之竊主柄以作威福者倚法以報復者鬻獄漁色淫刑黷貨者武斷而兼并者極奢窮欲而暴殄天物者多行不義事者可劓可刵可刖可戮者何可勝數不于彼是劓是刵是刖是戮顧乃陰矐生目薰生耳攦生手欽生足不既失刑乎所謂福善禍淫者非邪或曰天人曷嘗相干生者主死者死吉者吉凶者凶天何與焉而生乃謂天刑之不亦厚誣天也歟哉或曰若生者而信天刑之則亦天之未定耳天定且將以刑生者而刑其可劓可刵可刖可戮者善者可息而惡者可肆邪生俱弗之答

驟然歌衛人之詩曰已焉哉天實爲之謂之何哉生姓潘氏金華人其先世仕宋中書舍人默成先生最顯後六世而宋亾又三世乃至生生通經能詩文而訥出語尤絶人生口吃然喜面臧否人是非得失期期言不已喜怒一弗顧人以此嚴憚之有陰事惟恐生知之而發之見生輙趨避去之生今杜門不復出遇事獨輙作詩風刺向令生不疾廢

詔起文學儒生且首推上生使生得如汪何輩拜御史亦且諤諤如乃祖而生竟以疾廢矣君子皆爲之太息曰不幸不幸云

論曰天道無親常與善人若潘生者得不爲善人乎而其疾患至于此則夫善人天何與之有哉仲尼而不得位顔淵而短命死冉伯牛而有疾子夏而喪明聖賢且如此獨潘生乎人皆謂生之自號爲激齋其言乃可謂能自反者莊周云知其無可奈何而安之若命者其潘生之謂與

## 二孝子傳　　王叔英

余在衆中往往聞孝子慈弟義婦事未嘗不爲之感激流涕欲錄傳之以爲世勸而恨不得其詳洪武某年間有兄弟二人以其伯兄坐法當死各自縛爲當刑者哀訴于午門願代兄死

上問其故二人者言曰臣少無父非兄無以至今日今兄當刑臣誠不忍見兄死而獨存故願以二身贖兄一身惟

陛下聽之

上疑其非誠或有教之者因許其代而戒行刑者曰第試其人如有難色則殺之無難色則舍之二人者皆延頸待刃遂

止不殺一時見聞者無不嘆息泣下
上大嗟異之將赦其兄命未下御史大夫陳寧獨以爲不宜
以是得赦卒殺其兄此可謂慈弟也又得婦四人焉其一人
夫爲變得罪臨刑戒之曰吾死汝年少貧無以爲守當再嫁
耳慎勿嫁軍人農人樵夫庶可相保也語時當深塹上謂夫
曰汝尚未知吾志乎遂投于塹而死其一人夫臨刑脫首簪
巾酒肉啖之曰吾當與子共死也竚視其夫河橋上夫既死
即自投于河又其二人妯娌也其夫兄弟以黨人受戮家人
財產盡沒于官婦人則當給爲官婢其妯娌二人相謂曰吾
夫已死吾二人縱無他辱於義猶難獨生况又有他辱乎遂
皆自經而死是四婦者可謂義矣余欲各爲之傳以傳於世
既不得其人之姓名與其事之詳以是輟不得發以余一人



所聞如此則余之所不聞者可勝道哉余觀前代史傳求其
事之卓卓如此者蓋寡豈多有其事將亦如余之不聞其詳
而不得錄邪抑與時誠少有之而特盛於今邪余固不得而
深辨矣然幸而得其詳者烏可使之無傳乎余於同邑得一
人焉曰陳圭於同郡得一人焉曰朱煦皆孝子可書也作二
孝子傳陳圭字錫玄台州黃巖人也其父叔弘與其鄉人多
讐圭常諫之後其讐人以贓告叔弘罪當死圭以狀告於通
政司曰圭爲子不能諫其父以陷於不義得罪死此圭之不
孝所致義當死罪於圭之身原圭父使將自新誠不勝至願
通政司以聞
上大喜曰不意今日乃復有孝子宜赦其死俟天下百官朝
覲將播告之爲天下勸頃之刑部尚書開濟奏曰罪有常刑

不宜屈法以開僥倖之路請論如法遂聽圭代父死而謫其父叔弘隷兵雲南聞者皆嘆圭之孝而惜其死嗚呼圭之死固圭之志也於圭何憾哉朱煦台州仙居人也家世儒者母楊氏性嚴急遇諸子未嘗借色辭少不如指必笞擊至馴伏乃已煦事之盡恭順之道其伯父二人長季敬次季誠煦皆善事之二伯父俱有令望嘗稱之曰是姪眞猶子也其父季用由薦知福州府洪武十八年　詔天下盡革今歲以上有司積歲官吏爲民害者季用視事僅五月爾以例起入京吏一以法論罪作城須役嚴償重日用錢數十緡季用又病瘵被楚謂煦曰吾背力豈足堪此吾旦夕死矣汝勿深憂但收吾骸歸葬耳煦惶懼不敢離左右復戒二弟熊正共守不敢少懈季用由是不得死時役告枉者甚衆今益嚴告而謫隷



兵雲南者二人被極刑者四人矣煦不顧死而陰與父僚友同役者謀曰吾無術以脫吾父矣訴不訴皆死萬一吾父由訴獲免雖戮死萬萬無憾遂陳其辭于通政司通政司爲陳於

上上觀其情遂赦季用而復其官同時以煦告得免復官者一十四人皆拜煦父謝曰微君有孝子吾儕骨肉爲城下土矣已而煦感疾死其十四人者哀臨猶己子季用傷煦死痛益甚亦死或者以煦冒死得免爲幸而又以其父子終俱死爲命嗚呼爲煦者知盡子職而已其他曷足計哉

## 羅先生傳　楊士奇

羅先生名性字子理以字行羅故泰和儒家宋有爲廬蕁主簿曰伯壽嘗刲股和藥起親疾縣表其所居坊曰旌孝者先

生曾伯祖也曾祖伯霖祖見可父穀禎先生少孤貧自奮於
學初受易於鄉先生常乾乾繼登康山長宗武之門苦志畢
力慱記精思夙夜不懈既冠遭元季兵亂走避叢谷崎嶇困
窮未嘗廢書卷性耿介一言一行必端不與俗人接雖至戚
或涉邪行輒絕之然口未嘗言海桑先生陳心吾嘗稱先生
及楊子淵有氷玉之操洪武初　詔郡縣立學御史劉昭先
知縣采譽望聘先生及子淵鄧彥高三人爲之師時號楊羅
鄧四年中鄉貢進士明年赴春官奉勅免會試授德安府同
知先是有冦號稽李萬戶者以衆入府治劫殺郡守以下掠
庫藏官捕其衆悉就戮獨稽李逸去久不獲　詔捕益急蹤
跡所過宿逮繫數百人諸邑騷然先生初下車民有負一囊
詣府言稽李實死矣此其遺骸也問死幾何時矣曰一歲曰



始死時愚爲不言又驗其鬚髮皆在而皓然白也曰稽李年
未四十此安得是邪笞而逐之悉出所繫數百人諭之曰
朝廷但欲得稽李耳稽李旦出即汝輩幕皆寧家何爲不自
愛體膚乃甘受楚毒而庇一賊邪能從吾言今與汝等期十
日獲賊即汝皆良民衆叩頭曰府公欲生我敢不盡死力乃
悉縱之七日生縛稽李至庭下民皆以獲賊勞而遣之
命下賦民鐵造軍器時兵亂初定商旅未通郡民猝無所辦
先生居第後治蔬圃得窖鐵萬餘斤民爭趨求售同官亦勸
以售民先生曰固天以濟民豈爲我也悉以代民充賦有餘
皆入官庫銖兩不私焉其氷蘗之操愈厲而卹民之心寢食
不忘爲政以寬恕爲本惟贓吏無所假應城縣丞劉仁盜官
帑事覺府逮治之仁懼逃匿會按察僉事宋逢吉過德安仁

經事淺府事治之以二千石[illegible]會事未達吉臨政府二
不忘為政以寬猛為本守職無所假借又以仁恕治之
皆入官律轄而不枉其廉介操守歷官所至民不敢犯
以信民先生曰天以公道為我也以代民言有誠
先生居處後以治國學金章[illegible]
命下殿人民議會軍學將兵亂切究商旅以[illegible]
後擬大七日生許者民各罷下民皆以議興[illegible]
曰漢識即乃次許奏求下回府公許生[illegible]
實體病乃其文變書而生一味斯能從吉言令[illegible]
朝廷倒新權孝育謂旨比即文議察當實[illegible]
未四十此實得足所當處之後化所業載百入謂之曰
裕瓦官為不言又將其事每會在市皓[illegible]自曰書字



論所言實子曾見矣以其遺書乃同所議何待矣曰一歲曰
師所遇者遠家傲百人議已得[illegible]先生初下事民有賀一[illegible]
庫藏宜補其家從前以數[illegible]遺志又不[illegible]
知先受有證亦稱學為而當以衆入所能[illegible]以下城
證四年中書所請士聞也書實秦約[illegible]同歸
知鄉宋學會清先生以子溝所本當三人為之師[illegible]
又精于湖有水至[illegible]
[illegible]

出誣告先生他事將就鞫湖廣參政陶凱吳雲按察副使劉某聞之馳召逮吉還謂曰君不知德安有羅同知邪廿七府之賢守裁三人其可以杜中賢哉（謂湖州馮知府沔陽彭知州及先生三人也）逢吉卒白其誣而正仁盜麥之罪在郡四年闕知府皆先生總之秩滿詣　京師坐擅用粟木染軍衣爲陳寧所劾謫戍西安行槖無數百錢怡然就役不以得失置意既至西安之達官貴人皆敬禮之而安於處賤未嘗一毫干人郡諸生從之受經後多舉進士去是時四方老師碩儒在西安者數十人吳中鄒弈獨曰合吾輩所讀書廢幾羅先生之半蓋先生學其博爲文章切深詩古體宗漢魏近體宗盛唐書法鍾元常年及七十卒士奇少孤五歲先生取而教育之有父道焉明年官德安又挈以行又三年先生有陝西之役屢遣書督其學



文廿年而捐館當是時所以誨不肖者雖不能盡記而爲道之大要不敢忘也恒竊私念先生所以修諸躬施諸人者皆當追配古人而今之人知之者寡矣謹述其槩爲傳手録一通以寄其子賓識蓋又欲其子若孫皆圖不朽云

## 周是脩傳

周是脩諱德以字行周吉之泰和爵譽里名家其先諱矩者嘗顯於南唐至宋累累有科第其支裔從灘江里是脩之所自出也是脩少孤貧自奮於學從游鄉先生胡渚樵渚樵以孫妻之又從國子學録蕭執先生明詩經初舉霍丘縣學訓導入見

太祖高皇帝擢爲周府奉祠正

高皇帝上賓之明年有告言王過失事王府官屬皆下吏是

高宗帝上賓之明年有言王[illegible]事[illegible]百[illegible]下[illegible]定

太祖[illegible]皇帝[illegible]周[illegible]奉祠王

[illegible]尊人見

[illegible]之文[illegible]國[illegible]學[illegible]生[illegible]明[illegible]經[illegible]學[illegible]

自[illegible]也[illegible]時[illegible]少[illegible]貢[illegible]學[illegible]其[illegible]明[illegible]

書[illegible]唐[illegible]至[illegible]木[illegible]其[illegible]文[illegible]

周[illegible]周[illegible]書[illegible]泰[illegible]書[illegible]

周易[illegible]

通以[illegible]文[illegible]其[illegible]十[illegible]圖[illegible]

當[illegible]大[illegible]人[illegible]之[illegible]

之大[illegible]人[illegible]古[illegible]

文[illegible]而[illegible]



宮[illegible]文[illegible]三千[illegible]

[illegible]十[illegible]五[illegible]文[illegible]

[illegible]文[illegible]古[illegible]書[illegible]

中[illegible]

經[illegible]

貢人[illegible]

[illegible]

[illegible]白[illegible]

之[illegible]

其[illegible]

出[illegible]

脩以嘗諫得免改衡府紀善預修纂翰林數陳論國家大計
及指斥用事者誤國用事者怒衆共挫折之是脩屹不為動
太宗文皇帝靖難之師既渡江駐金川門宮中悉自焚明日
是脩留書其家別其友江仲隆解大紳胡光大蕭用道楊士
奇且付後事暮入應天府學自經六月十五日也又明日臣
民推戴
文皇帝繼大統數月御史言是脩不順天命請加追戮
上曰彼食其祿自盡其心一無所問是脩内貞外和有孝友
忠信之行非其義不苟取襟懷坦明灑落而沖澹悠然其學
自經史百氏下至陰陽醫卜之說靡所不通為文章未嘗綿
思援筆立就而雍容雅贍詞理條達稍暇著述吟咏不虛寸
晷所著有詩小序詩集義詩譜論語類編廣衍太極圖觀感



録綱常懿範邇言家訓務養集進思集是脩汲汲導誘人善
人有過失恒為之隱以是無少長賤貴皆樂親之明於人所
薦士如梁用之劉叔毖皆知名當世是脩之學雖間未純然
於明綱常為世道計必身履之而不徒託之空言豈非卓然
特立者歟是脩卒年四十有九時解胡蕭梁皆見諸文字然
屬倉卒不及詳今二十有八年矣知是脩者獨余在每追念
君子清白之節
文皇帝日月之明既照其心豈嘗遂致泯没故述為小傳以
授其子轅使傳焉

皇明文衡卷之六十

[illegible]